그날의 한 끼

그날의 한 끼

발 행 | 2022년 10월 17일
저 자 | 김원규
펴낸이 | 한건희
펴낸곳 | 주식회사 부크크
출판사등록 | 2014.07.15(제2014-16호)
주 소 | 서울특별시 금천구 가산디지털1로 119 SK트윈타워 A동 305호
전 화 | 1670-8316
이메일 | info@bookk.co.kr

ISBN | 979-11-372-9821-7

www.bookk.co.kr

그 날 의 한 끼

글, 사진 김원규

CONTENT

들어가며 – 음식으로 사람과 세상을 봅니다

그깟 밥 한 끼가 뭐라고

원작 만화를 바탕으로 한 일본 드라마 [고독한 미식가]의 주인공 '이노가시라 고로'는 먹는 것에 진심입니다. 그냥 대충 한 끼 때운다는 느낌은 전혀 없이 그 음식의 맛을 최대한 느끼고 즐기려고 하죠. 그래서 한 끼에 우리 돈으로 15,000원 넘기는 것은 예삿일이고 그만큼 먹는 양도 많습니다.

그런데 그는 왜 그렇게 끼니에 집착을 할까요? 그리고 왜 우리는 그런 그의 모습에 공감을 느낄까요?

[식당사장 장만화]라는 책을 읽으며 우리에게, 아니 나에

게 따뜻한 밥 한 끼라는 무엇일까라는 생각을 깊게 해본 적이 있었습니다.

주인공 장만호의 아내 선경은 장만호가 사고를 당해 병원에 입원했을 때도, 힘들게 가정 경제를 지탱했을 때도, 그래서 본인이 가정의 모든 무거운 짐들을 감내해야 했을 때도, 심지어 운영하던 식당이 잘 되어 눈코 뜰 새 없이 바쁠 때도 입버릇처럼 다음과 같이 불평했기 때문입니다.

"식구들과 김 오르는 밥상에 둘러앉아 편안한 마음으로 밥을 먹어 보는 것이 유일한 소원이야."

가끔씩 본가에 들르면 어머니는 꼭 손수 지으신 따뜻한 밥 한 끼를 내어주시며 먹고 가라고 하십니다. 이제는 연세가 있어 힘드실까 봐 나가서 먹자고 해도 직접 지으신 밥과 소박한 밑반찬 몇 개와 막 끓인 된장찌개를 내어 주시며 먹고 가라고 하십니다.

그렇습니다. 어쩌면 어머니가 그렇게 하신 데에는 따뜻한 밥 한 끼의 말로 표현할 수 없는 무언가의 의미가 담겨 있는지도 모른다는 생각이 듭니다.

그깟 밥 한 끼가 뭐라고.

그깟 따뜻한 밥 한 끼라고 대체 뭐라고.

매일 마주하는 한 끼의 의미

보통의 우리들은 하루에 세 끼를 먹게 됩니다. 일주일이면 스물한 끼, 한 달이면 구십 끼, 일 년이면 무려 1,095끼를 먹는 셈이죠. 물론 저도 그렇고요. 그렇게 일상처럼 먹는 한 끼는, 아이러니하게 그렇게 일상처럼 먹기 때문에 불과 일주일 전에 무엇을 먹었는지 기억하지 못하는 경우가 대부분입니다.

도대체 한 달 전 월요일에, 1년 전 오늘에 무엇을 먹었을까요? 그리고 이토록 매일 먹는 음식에는 어떤 의미가 있을까요?

어쩌면 우리가 매 끼마다 먹는 음식은 단순히 배를 채우고 허기를 달래는 것보다 더 많은 의미가 있을지도 모릅니다. 누군가에게는 그 음식이 가족이 될 수도 있고, 누군가에게는 역사가 될 수도 있으며 또 누군가에게는 추억이 될 수도 있으니까요. 그런 의미에서 음식은 사람을 이해하는 매개체가 될 수도 있고 세상을 보는 매개체가 될 수도 있다는 생각을 합니다.

그래서 뻔하디 뻔한 음식의 역사나 그 재료에 대한 얘기, 또는 우리 밥상에 오르기까지의 과정과 같은 얘기는 쓰지 않으려 합니다.

대신 음식으로 세상과 사람을 보는 이야기를 쓰려고 합니다. 음식도, 결국은 사람이니까요.

※ 본문에 소개된 식당들은 코로나 펜데믹을 거치며 사라진 곳이 있을 수도 있음을 말씀 드립니다.

그날의 한 끼

추어탕 – 편견과 경험, 그 사이의 음식

외부에서 찾아 온 편견이라는 관념

추어탕이란 음식에 대한 선입견이 있었다.

고등학교 때였는지 아니면 대학교 때였는지 잘 기억은 나지 않지만 어떤 유명한 광고인의 책에는 저자가 추어탕이란 음식을 처음 먹었을 때의 감정이 기록되어 있었고, 그 감정의 끝에는 한 마디로 얘기하자면 먹기 어려운 음식이었다는 얘기가 있었다. 당시 어린 나이의 나는 그 책으로 인해 추어탕은 먹기 힘들고 어려운, 특히 비위가 약한 사람들에게는 버거운 음식이라는 선입견이 자리 잡고 만 것이다.

그리고 그 즈음, 그러니까 그 책을 읽은 지 얼마 안 되었을 때의 어느 일요일. 아버지의 제안으로 외식을 하러 나가서는 그 음식이 추어탕임을 알고는 그 길로 혼자 되돌아온 일이 있었다. 왜 처음부터 추어탕을 먹으러 간다고 얘기해 주지 않았냐고, 그랬으면 이 먼 곳까지 안 따라왔을 것 아니냐는 불평과 함께.

그런 내가 추어탕을 처음 먹었던 때는 성인이 되고 나서도 한참 후였다. 더 정확히는 클라이언트와 오전 회의를 마치고 나서 클라이언트가 점심으로 추어탕을 제안했을 때였다. 순간 속으로 뜨끔했고, 왜 하필 추어탕이냐는 불만이 속으로 가득했지만 클라이언트의 제안을 감히 뿌리칠 수 없었다.

살다 보면 그럴 때가 있다.

내 의지와는 전혀 상관없이 옴짝달싹하지 못하고 주어진 대로만 해야 할 때.

편견이 무서운 이유

결론적으로 얘기하자면 추어탕은 먹을만했다.

눈 딱 감고 한번 먹어 보자며 울며 겨자 먹기로 입안으로 밀어 놓은 추어탕은 생각보다 괜찮았고, 심지어 한 그릇을

싹싹 비우기까지 했다. 추어탕에 대한 나의 편견이 무너진 순간이었으며 동시에 대체 어릴 적 읽었던 그 책의 저자는 왜 추어탕을 그렇게 표현했을까라는 생각이 드는 순간이었다.

그래서 편견이란 무섭다. 진실을 가린 채 본질을 왜곡할 수도 있기 때문이다. 물론 편견이라는 것이 어느 날 뚝딱하고 생기는 것은 아니다. 어떤 대상과의 직간접적인 상호작용이 지속되었을 때 생기는 이른바 사고의 프레임이고, 그 프레임은 같은 대상에 대해 같은 사고방식을 지속적으로 만들어 냄으로써 편견이 되는 것이다.

하지만 때로는 그 편견이 잘못되었음을 인정해야 하는 때가 있다. 진실을 알았을 때, 편견이 본질을 왜곡했음을 알았을 때는 편견을 거두어들이고 편견의 대상과 극적인 화해를 할 필요가 있는 것이다. 그때마저도 어린아이처럼 바득바득 우기기만 한다면 결국 우리가 세상은 수많은 편견만으로 가득해질 뿐이니까.

그날, 난 추어탕과 극적인 화해를 했다. 그리고는 이따금씩 먼저 생각나고 먼저 찾게 되는 음식이 되었다. 편견을 거두자 먹을 수 있는 음식이 하나 더 생겼고, 그만큼 새로운 세상이 열린 것이다.

추어탕은 나에게 그런 음식이다. 물론 통 추어탕은 여전히 어려운 음식이긴 하지만.

- 방문한 곳: 일산 송담 추어탕

- 특징: 김치, 깍두기, 파김치가 같이 나온다. 탕 자체에 비린 맛은 전혀 없고, 미꾸라지를 많이 갈았는지 국물이 약간 걸쭉한 편이다. 기본 간이 되어 있는 듯하니 꼭 먹어 보고 간을 맞추길 권한다

족발 –
지나온 시간이 결국 나 자신이니까

그 때 그 친구들은

고등학교 때 한창 어울려 다니던 친구 두 명이 있었다.

학교를 졸업하고는 각자의 앞에 놓인 상황 때문에 연락을 못하다가 결국 연락이 끊겨졌었는데, 몇 년 전 우연히 연락이 닿아 오랜만에 만나 회포를 풀었던 적이 있다.

하지만 그 이후 또다시 연락은 끊겼고- 정확히 말하자면 연락이 끊겼다기보다는 서로 간의 사정에 의해 연락하기가 어려웠다고 하는 게 맞는 것 같다- 또다시 몇 년 간 연락이 없다가 얼마 전에 다시 연락이 닿아 정말 어렵사리 그 친구들을 만났다.

어렸을 때 친구들이 확실히 좋은 점은, 오랜만에 만났어도 어색하지 않다는 것이다. 사회생활을 하면서 친해지고, 말을 트고, 친구가 되거나 형이나 동생이 된 사람들도 많지만 그런 사람들은 오랜만에 만나면 이상하리만치 어색한 것은 어쩔 수가 없다. 나의 낯을 가리는 성격도 한몫하는 거긴 하지만.

어느 여름날, 오랜만에 만난 친구들과 술잔을 기울인 곳은 족발 집이었다. 애초에 만날 장소를 정할 때부터 족발 집을 추천했었는데, 그 이유는 구워 먹는 음식은 옷에 냄새가 배서 피하고 싶었고 생선회는 내가 그다지 좋아하지 않기 때문이었다. 다행히 두 친구 모두 족발을 좋아했고, 그 중 한 명은 유난히 족발을 좋아했던지라 메뉴에는 큰 문제가 없었다.

그들은 잘 살고 있었다.

한 친구는 대기업에서 잘 버티고 있었고 또 다른 친구는 이름만 대면 누구나 알 수 있는 중견 회사에서 승승장구하며 잘 버티고 있었다. 둘 다 결혼을 했으며 한 친구는 아이가 두 명이나 있었다.

그토록 지난하게 보내왔던 시간들이 켜켜이 쌓이고 쌓여

오늘의 '나'라는 존재가 되는 거니까

몇 년 전 만났을 때와 또 다른 삶을, 아니 계속해서 발전되어 가는 삶을 살아가고 있었다. '그때는 이렇게 살 줄 몰랐었는데'를 곱씹으며 술잔을 기울이던 두 친구는 연극을 하고 싶어 했지만 이제는 어떤 회사의 중심이 되었고, 원래부터 '무엇이 되겠다, 어떤 사람이 되겠다'라는 목표는 없었지만 '무엇을 하고 싶다'라는 생각이 가득했던 나는 갈림길에 서 있다.

내가 여전히 '나'일 수 있는 이유

현대 사회의 모든 사람들은 매 순간 선택을 하는 삶을 살고 있으며, 선택의 순간엔 언제나 선택하지 않은 길에 대한 미련이 남기 마련이다. 그리고 그런 순간순간들이 모여 시간이 되어 지금의 내가 있는 것이니, 지나간 시간이 아쉽다며 혹은 지난 시간이 후회된다며 한탄하는 것은 결국 나 자신을 부정하는 모순적인 행위일 수밖에 없다.

아무리 부정한다고 해도 지금의 나는 그 시간 위에 있으며 결국 나는 내가 아닌 사람이 될 수는 없으니까.

정말 오랜만에 만난 친구들과 콜라겐과 단백질이 적당히 섞인 족발 한 조각을 안주 삼아 우물우물 씹으며 그런 쓸데

없는 생각을 했다. 그저 친구들은 잘 살고 있고, 나도 그런 대로 살고 있으니 이런 '지금'의 모습이 중요하고 소중하지 않은가라는 그런 생각

- 방문 장소: 영동시장 원조 족발 (현재 폐업한 듯)

- 맛: 맛있다. 웬만한 족발집 다 다녀봤는데 떨어지는 맛이 아니다.

- 특징: 삶아서 훈제를 하는지 훈제한 다음 삶는지 잘 모르겠지만 아무튼 훈
  제라는 방식을 거쳐서 부들부들한 하면서도 씹는 식감이 다른 족발들 대
  비 괜찮다. 그리고 콩나물국을 냄비째로 줘서 좋았다.

칼국수 - 나에겐 단짝이 있을까

칼국수를 먹을 때 꼭 필요한 것

이런 칼국수도 있구나라고 느꼈던 것은 명동에서였다. 사람의 기억만큼 불완전한 것이 없다는 말처럼, 그 이전에도 어디선가 비슷한 칼국수를 먹었을 수도 있겠지만 아무리 뇌 속을 뒤집어봐도 그때 명동에서 먹었던 칼국수는 나름 독특했던 것으로 내 기억에는 남아 있다.

극장에서 영화를 보고 나와 무엇을 먹을까 고민하다 '명동에서는 칼국수'라는 말을 떠올리곤 눈에 들어온 칼국수집에 무작정 들어가 시켜 먹었던 그 칼국수는 현재 유명한 체인점처럼 주변에서 쉽게 볼 수 있는 그 '명동 칼국수'가 아닌, 전분을 섞은 것처럼 약간 걸쭉한 느낌의 국물이 독특했었기에 기억에 남아 있다.

칼국수는 국물의 재료 또는 면 이외의 재료가 무엇이냐에 따라 해물 칼국수, 들깨 칼국수, 양지 칼국수 등 그 종류가 무한하게 확장되는 음식 중의 하나인데 그 어떤 칼국수든지 가장 중요한 것은 칼국수 자체보다 '김치'다. 적어도 개인적으로는.

너무 익어서 신맛이 나는 김치는 안 되고, 그렇다고 너무 갓 담가서 배추의 풋내가 나는 김치도 안 된다. 담근 지 며칠이 지나 적당히 익은, 그래서 아삭하면서도 김치 특유의 맛은 나지만 배추의 풋내는 없는 그런 김치여야 한다.

생각보다 갖기가 어려운 것

우리는 살면서 '친구'라는 이름을 가진 많은 사람들을 만난다. 그리고 나이가 들고 성장하면서 동네 친구와 학교 친구에서 머물던 '친구'라는 집단의 크기는 지속적으로 크고 넓어져 더 다양하고 더 많은 친구들을 만나게 된다. 누가 시킨 것도 아닌데 살다 보니 자연스럽게 그렇게 된다.

그런데, 그 수많은 친구들 중에서 과연 '칼국수에는 김치'처럼 나에게 어울리는 그런 단짝이 있을까라고 물어본다면

나에겐 이 여인들처럼
함께 뒷모습을 보여줄 수 있는
단짝이 있을까

주저 없이 '그렇다'라고 대답할 수 있을까. 요즘 흔히들 얘기하는 '베프'나 '절친'을 넘어, 나를 생각하면 자연스럽게 떠오르는 그런 단짝.

신경숙의 소설 [외딴 방에 나오는 '물과 모래, 스미고 흩어짐에 있어서 물과 모래처럼 완벽한 관계가 있을까'라는 문장처럼 물과 모래 같은 사이는 아니더라도 '나'라는 사람을 떠올리면 자연스럽게 떠오를 그런 단짝이 과연 있기는 한 걸까.

셜록홈즈에겐 아르센 뤼팽이.
레옹에겐 마틸다가.
모차르트에겐 살리에르가.
마이클 조던에겐 스카티 피펜이.
이세돌에게는 커제가.

때로는 우정이라는 이름으로, 또 때로는 라이벌이라는 이름으로 언제나 함께 떠오르는 그런 단짝이 한 명만 있다면 이미 그 인생은 성공한 것이 아닐까, 라는 생각을 칼국수와 함께 적당히 잘 익어서 배추의 풋내가 나지 않는 맛있는 김치를 먹으며 생각해 본다.

- 방문지: 서초동 서일초등학교 근처 송황 칼국수

- 특징: '미식'과는 거리가 먼 내 혀 탓에 엄청 맛있게 느껴지진 않지만 사골

  육수인 듯 보이는 국물이 괜찮은 집

순두부 찌개 - 월급 도둑이 싫어요

아무리 뒤져봐도 찾기 힘든
첫 두부에 대한 기억

아마 대부분의 사람들이 그럴 것이다, 라고 생각한다. "언제부터 두부를 먹기 시작했나요?"라는 질문을 받으면 쉽게 대답할 수 없다는 것. 김치는 '어릴 때는 못 먹었는데 초등학교 들어가서 먹기 시작했어요'와 같은 얘기를 들을 수 있지만 의외로 두부에 대해서는 생각보다 비슷한 얘기를 듣기 어렵다.

나 역시도 언제부터 두부를 먹기 시작했는지를 되돌아보면 도저히 그 시작을 알 수 없는데 그 이유는 아이러니하게도 두부 때문이 아니라 찌개, 그 중에서도 된장찌개 때문이라는 생각을 하곤 한다.

지금이야 외식이 많아졌지만 내가 어릴 때만 해도-그러니까 꼬꼬마 시절- 웬만하면 '밥 (끼니)은 집에서 엄마가 해주시는 것을 먹는 것'으로 인지하고 있었고, 엄마께서 차려주신 밥상에는 어지간하면 된장찌개가 있기 마련이었다. 그리고 그 된장찌개의 대미를 장식하는 것은 언제나 순백의 두부였다.

그런데 아이러니한 것은 생각보다 순두부찌개를 집에서 먹은 기억을 찾기 힘들다는 것이다.

된장찌개뿐 아니라 김치찌개에 들어갔던 두부들 모두 판두부였지 순두부로 장식된 찌개를 집에서 먹었던 기억은 별로 없고, 오히려 외식을 할 때 순두부찌개를 먹었던 기억이 있다. 지금이야 사람들의 생활 습관 자체가 내가 어릴 때 하고는 많이 바뀐지라 집에서 순두부찌개를 해 먹는 사람도 많고 그에 따라 슈퍼마켓이나 마트에서도 순두부를 많이 팔지만, 그때는 '두부 사 와라'라는 심부름을 받으면 당연히 판두부를 사 오는 것으로 인식할 때였으니까.

그런데 좀 재미있는 것은 순두부가 '두부'라는 것을 부재료에서 주재료로 이미지를 격상시켰다는 것이다. 최소한 찌개에 있어서는.

순두부 찌개에서 바뀐 두부의 역할

앞서 얘기한 것처럼 기존의 두부는 된장찌개나 김치찌개의 마지막을 장식하는 부재료였지만, 순두부찌개는 '이름부터' 순두부가 주재료임을 알 수 있는 거의 유일한 찌개다. 조금 더 드라마틱 하게 얘기하면 조연 배우가 주연이 된 느낌이랄까.

그럼에도 불구하고 된장찌개나 김치찌개처럼 순두부찌개는 늘 가격이 저렴해서 쉽게 사 먹을 수 있는 음식이라는 것은 분명하다. 부재료가 주재료가 되었다고 해서 음식 자체의 위상이 달라진 것이 아니다. 그리고 그 얘기는 두부에 대한 사람들의 인식이 주재료가 되었다고 비싼 음식이라고 생각하지 않는다는 것이다.

기본이 안 되어 있는 사람이
중요한 역할을 맡았을 때의 비극

수년 전 (그러니까 물가가 지금보다 많이 쌌을 때) 한 프로그램에서 당시 대기업 외식 사업을 총괄하던 여자 임원이 이런 얘기를 한 적이 있다.

"내가 맨날 억울하다고 하는 게 그거예요. 파스타는 18,000원 받아도 뭐라 안 하고, 우리 조개 칼국수는 5,000원 이상 받으면 혼내거든요."

그랬더니 또 다른 출연자가 얘기를 한다.

"내 거에 대한 자신감이 없다고 생각해요."

그러자 처음 얘기한 사람이 다시 맞받아친다.

"마케팅을 어떻게 했느냐에 따라 음식 가격이 정해지니까. 어떨 때는 조개 칼국수가 봉골레에 비해서 가격을 못 받는 게 속상하지."

이 대화를 들으면서 난 두 귀를 의심했다. 이상해도 너무 이상했기 때문이었다. 파스타는 18,000원인데 아무도 뭐라 안 하고 조개 칼국수는 5,000원만 넘으면 사람들이 뭐라고 하니 조개 칼국수도 마케팅 잘해서 더 비싼 대접을 받게 해야 한다는 생각 자체가 개인적으로는 문제가 있다고 본다. 조개 칼국수가 그만한 가치가 없다는 얘기가 아니다. 지금은 칼국수 가격이 8천 원 정도 하는 곳도 많다.

하지만 그때 당시 대한민국의 소득 수준과 물가 및 경제 상황을 놓고 본다면 -지금의 상황이라고 다를 바 없지만- 18,000원짜리 파스타가 과연 정상이라고 할 수 있을까?

조개 칼국수를 마케팅 잘해서 더 비싸게 팔아야 한다고 생각할 게 아니라 국수 하나에 말도 안 되는 18,000원을 받는 것을, 그리고 그것은 아무 생각도 없이 사 먹으면서 조개 칼국수가 5,000원 넘으면 뭐라고 하는 '사람들의 인식'을 이상하다고 혹은 잘못되었다고 지적해야 하는 게 맞지 않을까?

허울 좋은 마케팅이라는 거품을 씌워 경제 상황이나 소비자 상황은 생각 안 하고 일단 비싸게 받아먹어야 한다고 생각하는 것이 식품 대기업의 '브랜드 전략 총괄 고문'이라는 타이틀을 가진 사람의 정상적인 사고방식이라고 할 수 있을까?

또한 반대로 생각하면, 우리가 싸고 쉽게 접할 수 있는 된장찌개나 순두부찌개가 왜 외국에서는 가격이 비싼 것일까에 대한 기본적인 고민도 없다는 것이다. 결국 그 대기업 임원은 사람들과 소비자들의 인식이 무엇인지, 마케팅이란 무엇인지, 그 마케팅을 통해서 사람들의 인식을 바꾸는 것이 얼마나 어려운 것인지 제대로 알고 있지 않다는 것을 스스로 증명해 준 꼴이 되었다.

마케팅에 의해 음식 가격이 정해져야 한다고 생각하다니, '나는 돈 많이 버는 월급 도둑'이라고 떠들고 다닌 것이나 마찬가지가 된 것이다.

그리고는 대기업이라는 타이틀과 자본을 이용해 수많은 프랜차이즈 브랜드를 만들어 놓고는 '내가', '마케팅을 잘해서'라는 타이틀을 얹어 대중 앞에 나타나고 있는데 그 사람이 그 기업에서 어떻게 처신했는지에 대한 소문을 감안하면 스스로 그렇게 말하고 행동해서는 안 되는 것이다.

그래서 난 월급 도둑이 싫다.

똑같이 열심히 일하고, 아니 오히려 더 열심히 일하고 고민하는 사람들이 더 대접을 받고 결과에 대한 보상을 받아야 하는데 월급 도둑들은 그저 그 어떤 동아줄을 잡고선 자신의 몸값을 높이는 데에만 급급하기 때문이다.

뚝배기에 남겨 막 나온 뜨끈한 순두부찌개를 한 숟가락 떠 후후 불고는 입안에 넣으며 생각해 본다. 나는 월급 도둑인가 아닌가. 정말 치열하게 고민하고 열심히 살고 있는가 아닌가. 그 대답은 어쩌면, 내가 아닌 다른 사람이 내려 주어야 하지 않을까라는 생각과 함께.

- 방문지: 서초동 삿갓촌

- 특징: 점심엔 '오늘의 메뉴'라는 백반을 파는 곳인데 내가 방문한 날의 메
  뉴는 그닥 마음에 들지 않아서 선택한 순두부찌개. 맛은 평범

동네 피자 - 나는 어떤 맛일까?

피자는 남는다. 그래서 당혹스럽다

태생이 그래서인지 우리나라 음식을 선호하는, 웬만하면 끼니마다 밥을 먹기 위해 노력하는 식성이지만 이따금 씩은 느끼한 것이 먹고 싶을 때가 있다. 매콤하지도 담백하지도 않은 그냥 느끼한 그 어떤 것. 그래서 피자를 한 판 시켰다. 브랜드 피자는 괜히 값만 비싸고, 이런저런 할인 때문에 도대체 정가를 알 수 없는 데다 또 지역 경제에 이바지하고자 하는 마음으로 동네 피자를 주문했다.

재료가 있을 땐 크림을 잔뜩 넣은 해물 크림 스파게티를 만들어 먹지만-실제로는 재료가 있다 해도 귀찮아서 잘 해 먹지도 않는다- 재료도 없고 뭔가를 하기도 귀찮아서 느끼한 맛을 제대로 느낄 수 있는 피자가 먹고 싶어서였다.

느끼해서기도 하고 원래 한 번에 먹는 양이 적기도 해서 레귤러 사이즈를 시켰음에도 다 먹지 못하고 몇 조각이 남았다. 물론 이 상태쯤이면 느끼함은 제대로 느낀 다음이라 당분간은 느끼함을 찾지 않을 것이란 걸 경험으로 알고 있다.

뭐 어쨌든, 느끼함을 맛보고 싶어 호기롭게 피자 한 판을 시켜 먹은 것까지는 좋았는데 항상 이렇게 몇 조각이 남았을 때가 당혹스럽다.

귀찮음이 만들어 낸 또 다른 귀찮음

그다지 '사용할 기회'가 없어서 현대 사회의 필수품인 전자레인지가 없는 까닭이다.

사실 전자레인지라는 것이 여러모로 편리한 물건임에는 동의한다. 차가운 국물을 데운다든지, 식어버린 부침개를 데운다든지 아니면 지금처럼 피자가 몇 조각 남았을 때 냉동실에 보관했다가 먹고 싶을 때 버튼 두어 번만 누르면 따뜻하게 데워 먹을 수 있어서 아주 편리하긴 하다. 물론 가스레인지에 데워 먹을 수도 있지만 해 본 사람은 그 귀찮음에 대해서 일일이 말하지 않아도 충분히 알고 있으리라.

그럼에도 불구하고 어지간해선 그 '귀찮음'을 무릅쓰는 일을 해왔었는데 귀찮아서 시켜 먹은 피자가 '귀찮은' 일거리를 만들어내고 만 것이다.

피자가 만들어 낸 쓸모없는 철학자

그렇게 남아 버린 피자를 어떻게 처리할까 물끄러미 바라보다가 문득 그런 생각이 들었다. 식어 버린-혹은 인위적으로 냉동실에 보관했던- 피자를 다시 데우면 본래 그 맛이 살아날까 따위의 사소한 것.

우리나라 음식의 대부분은 따뜻할 때, 즉 막 음식을 했을 때 먹어야 제맛이 산다. 어디 우리 음식뿐이랴. 물끄러미 바라보고 있는 남은 피자를 포함한 세계 대부분의 음식들이 따뜻할 때, 역시 다시 말하면 막 조리를 끝냈을 때 먹어야 제 맛이 산다는 것은 대부분의 사람들이 익히 알고 있는 사실이리라.

그리고 그런 생각의 끝에는 언제나 의도하지 않게 아무 쓰잘데기 없는 복잡한 생각에 봉착하게 된다. 과연 '나의 맛'은 어떤 때 가장 잘 표현될까라는. 아니, 나의 맛은 과연 어떤 것일까라는.

　사람에 대한 맛은 결국 사람에 대한 향(香)과 같아서- 흔히 소설이나 드라마에서 '그 사람에게선 그 사람만의 냄새 (또는 향기)가 있어'라는 말을 종종 접하게 되는데 그 냄새 (또는 향기)라는 단어를 맛으로 바꾼다 해도 이상할 것은 하나도 없다-결국 다른 사람이 느끼는 나만의 고유한 어떤 것일 텐데, 그것이 가장 잘 표현되고 드러나는 때가 언제일까라는 물음은 언제나 답을 찾지 못하는 어려운 질문임에 틀림없다.

　나는 음식이 아니니 따뜻할 때 잘 표현된다고 말하기는 어렵고, 그렇다고 좋아하는 책을 읽을 때나 술을 마실 때라고 하기도 어렵고, 운동을 할 때나 음식을 만들 때라고 하기도 그러하니 과연 '그때'가 언제일까 실로 스스로도 궁금하기 그지없다. 그러다 느끼함으로 부른 배를 퉁퉁 두드리며 다음과 같은 결론에 도달하며 스스로를 대견해한다.

세상 좀 쉽게 살자

　어차피 나의 맛이나 나의 향기는 내가 아닌 다른 사람이 판단한다는 것. '그 사람에게선 그 사람만의 냄새 (또는 향기)

가 있어'라는 말 역시 제3자를 지칭하면서 하는 말이 아니던가. '스스로 나에겐 이런 맛 또는 향기가 있어'라고 말하고 다니는 사람은 아직 보질 못했을뿐더러 또 그런 사람이 있다면 꽤 이상한 사람 취급을 받기 쉬우니까.

그래서 결국은 난 살아온 대로, 그냥 살고 싶은 대로 계속 살아가면 주변의 제3자가 나의 향이나 맛에 대해서, 그리고 어떤 때 그런 것들이 가장 잘 표현되는지에 대해서 나 대신 판단해 주겠지라는 어설픈 결론.

다만 내가 누군가의 맛이나 향을 판단할 때는 가급적이면 편견과 선입견을 버리고 판단할 수 있도록 노력해 본다. 편협하고 좁은 사고방식이 아닌 그 어떤 가능성도 모두 열어두고 '저 사람에게는 이런 향기가 나', ' 저 사람의 맛은 이럴 때 가장 잘 표현되는 것 같아'라고 모든 사람의 맛과 향을 존중해 주고 싶다는 뜻이다. 물론 그것이 말처럼 쉬운 일은 아니지만.

어쨌거나 저쨌거나 피자 한 판 시켜 놓고 오만 생각을 다 하게 만드는 나의 저주스러운 뇌에 손가락으로 러시안 룰렛을 만들어 방아쇠를 당겨본다. 제발 세상 좀 쉽게 살아보자고.

- 특징: 모두가 아는 슈퍼 수프림 피자의 맛. 그렇기 때문에 브랜드 피자 보

  다 가성비 좋은 동네 피자가 더 좋은 듯

고기 무한 리필 –
엄마는 누구에게 고민을 털어놓았을까

엄마의 시집살이

엄마는 시어머니, 그러니까 나의 할머니를 모시고 살았다.

아주 어린 꼬마 시절에는 함께 살 공간이 없어서 따로 살았지만 초등학생 즈음부터인가 함께 살았었는데, 어린 나이의 나는 당연하게도 (?) 아무 생각 없이 '할머니와 함께 산다'는 것 이상의 특별한 인식이 없었다.

그.런.데.

나이를 먹고 성장하면서, 아무리 남편의 어머니지만 그리고 당신 자식들의 할머니지만 시어머니를 모시고 산다는 것이 얼마나 가슴 답답하고 힘든 일이라는 것을 깨닫게 됐고 그 즈음이 되자 어머니는 위장병을 얻었다. 위가 탈이 나서 음식을 제대로 드시지 못하고 말캉말캉한 떡 두어 조각으로 식사를 대신하시곤 했던 것이다.

할머니는 그다지 살가운 성격이 아니셨다.

게다가 태생이 시골 분이신지라 여간 부지런하신 게 아니셨음은 물론 항상 규칙적으로 생활하셨던 덕에 엄마는 당연히 그런 할머니의 생활 패턴과 습관에 따를 수밖에 없었다. 당시 시어머니와 함께 사는 며느리들은 다들 그랬으니까.

아니, 그래야만 했으니까.

거기에 시집 오자마자 새벽같이 일어나 시동생들 도시락을 싸기 시작했고, 그 생활이 끝날 때쯤 되니 당신 자식들의 도시락을 새벽부터 준비해야만 했다.

할머니와 함께 살던 시절, 우리 집은 단독주택이었는데 독특한 집 구조 상 할머니 방은 연탄 아궁이로 방을 데우는 방식이었다 그래서 겨울만 되면 엄마는 주무시다가도 새벽에 일어나 연탄을 갈고는 다시 주무시는 피곤함을 마다하지 않으셨다.

어디 그뿐이랴.

대한민국만의 독특한 고부관계 때문에 이런저런 잔소리를 혼자 감당하시느라 결국엔 그 스트레스로 위장병까지 생긴 것이었다.

누구에게나 자신의 고민이 가장 큰 고민이다

몇 년 전, 전 직장 후배들과 만나서는 어딜 갈까 고민하다 고기 무한리필 집엘 갔었다. 원래는 낙곱새 집과 다른 집을 두고 고민하다 두 곳 다 만석이어서 거리를 방황하다 찾아간 고기 무한 리필.

무한 리필이 유행이었는지 생각보다 고기 무한 리필 집이 많아서 어디로 갈지 즐거운 고민을 하기도 했었고, 삼겹살 1인분에 13,000원 정도는 하는 당시 시세와 비교했을 때 15,500원 정도면 2인분만 먹어도 본전은 뽑겠다는 단순한 생각이 들었다. 한 번에 먹는 양이 적은 나였지만, 삼겹살 2인분 정도는 먹을 수 있으니까.

일단 자리를 잡고- 보통의 경우 대부분 그렇듯이 무한 리필 집은 셀프서비스인지라- 고기를 가지러 간 사람, 반찬을 가지러 간 사람, 남아서 테이블 세팅 (수저 등) 하는 사람으로 자연스럽게 나뉘어 분주하게 먹을 준비를 하고는 숯불이 들어오길 기다렸다. 잠시 후 주문한 술과 음료와 함께 숯불이 나오자 우리는 고기를 올려 구우며, 술을 마시며 이런저런 대화를 시작했다.

대화의 주제는 온도의 차이만 있을 뿐, 몸담고 있는 회사에 대한 불만과 그 불만을 해소함에 있어 어떻게 해야 하는지 모르겠다는 내용이 주를 이뤘다. 어찌 보면 어느 술자리에서나 있을 법한 지극히 평범한 얘기일 수도 있겠지만, 그들의 입장에서는 평범한 얘기라고 치부하기엔 무겁고 진지할 수밖에 없는 얘기들이었다.

세상 모든 사람들은 본인의 고민이, 본인이 당면한 문제가 세상에서 가장 중요하니까. 주변에서 봤을 때는 별것 아닌 것처럼 보여도 혹은 하찮아 보이는 것일지라도 당사자에게는 그런 것들이 현재 가장 큰 고민이고 풀어야 할 숙제이며 헤쳐나가야 할 큰 난관이 아닐까, 라고 개인적으로는 생각한다.

하지만 그런 상황에서 나의 가장 큰 고민은, 인생의 선배이자 사회생활의 선배로서 그런 고민을 들었을 때 어떤 얘기를 해주어야 하느냐는 것이다. 자칫 잘못하면 오지랖이 될 수 있고, 또 요즘 말로는 TMI가 될 수도 있으니 조언을 한다는 것이 여간 조심스러워진 것이 아니다. 그렇다고 아무 말 없이 그저 들어주기만 한다면 위로도 안 해주는 나쁜(?) 선배가 될 수 있으니 때로는 저으기 당황스럽기도 하다.

조금만 먹어도 배가 부르니 많이 먹지는 못하고 적당히 먹으며 후배들의 고민을 듣다가 정작 나의 고민은 누구에게 얘길 해야 하는 걸까라는 생각을 해 본다. 나에게도 가장 큰 문제는 역시 내 고민이니까.

전 직장 후배들의 고민 속에서
문득 떠오른 엄마

그러다 문득 엄마 생각이 났다.

그토록 지난했던 몇 십 년간의 시집 살이를 하면서, 그 때문에 위장병까지 생길 정도로 스트레스를 받으면서 엄마는 누구에게 고민을 털어놓았을까?

그 당시의 남자들이 대부분 그렇지만 아버지 역시 엄마의 그런 투정을 받아주는 성격은 아니었고, 그렇다고 누군가를 만나러 외출한다고 한들 시어머니가 계신 집에 늦게 올 수 없으니 때가 되면 부랴부랴 집으로 돌아올 수밖에 없었던 그 시절의 엄마는 과연 당신의 고민을 들어줄 사람이 있기는 하셨던 걸까?

할머니가 돌아가신 지도 꽤나 많은 시간이 흐른 지금은, 혼자 속앓이를 해야만 했던 그때의 스트레스와 고민은 많이 해소되긴 한 것일까?

꼭 그래서라고 할 수는 없지만, 언제부턴가 이따금씩이라도 본가에 가면 엄마와 대화를 많이 하려고 노력한다. 엄마의 고민을, 치열했던 시집살이의 고민을 다 이해하긴 어렵지만 지금이라도 이런저런 대화를 나누면서 엄마의 시간을 함께 공유하려고 노력한다.

엄마가 위장병을 얻을 때까지, 지난한 시집살이로부터 생긴 스트레스와 고민이 응축되어 병으로 나타날 때까지 철없던 내가 해드린 건 하나도 없으니까.

어찌 보면 엄마에겐 시간이 얼마 남지 않았을지도 모르니까.

- 방문지: 강남역 '참숯 직화 강남 무한집' (지금은 폐업한 듯하다)

- 특징: 가성비가 좋았던 곳

제육 덮밥 –
그 많던 X세대는 모두 어디로 갔을까?

그 때 그 시절, X세대

'X 세대'라는 말이 있었다.

지금은 정확히 기억하지 못하지만 미국에서 누군가 처음 사용한 단어로 그 이전 세대와는 완전히 다른, 그래서 무엇이라 꼭 집어서 설명할 수 없다는 의미로 'X'를 붙여 탄생한 단어가 'X 세대'다.

그들은 대한민국 문화의 황금기에 청춘을 보냈다. 케이블 TV가 막 보급되면서 외국의 때깔 좋은 뮤직비디오가 쏟아져 들어왔고, 그런 것들을 소개하는 VJ라는 직업이 선망의 대상이 되기도 했었다. 그동안 보기 어려웠던 다양한 인테

리어로 무장한 카페들이 등장했고, 그 카페들의 테이블 위에는 전화기가 한 대씩 놓여있었다. 당시 X세대들의 필수품이라는 일명 '삐삐' 때문이었다. '로바다야끼'라는 일본식 주점에서 'PC 통신'을 통해 알게 된 사람들과 발표만 했다 하면 100만 장 이상을 판매하는 음반의 가수들에 대해 얘기했었다.

가장 인상적이었던 건, 각종 언론과 미디어 그리고 TV 광고 등에서 한 그들에 대한 얘기였는데 요약해 보면 이런 내용들이었다.

'무엇에도 구속되지 않고, 남의 눈을 의식하지 않고, 나를 위한 투자에 아끼지 않고, 세상은 나를 중심으로 돌아간다'라는 것들. 놀라운 사실은 이런 얘기들이 X세대 이후 몇 십 년이 지난 지금까지도 각종 광고를 통해서 계속되고 있다는 것이다. 마치 무한 반복되는 루프처럼.

말 그대로 몇 십 년이 지났는데도.

X세대도 어쩔 수 없었던 고민

하지만 그들에게도 어쩔 수 없던 것은, 80년대 이른바 '386'세대들이 만들어 놓은 민주화를 등에 업고 모든 미디어의 주인공이 되었음에도 어쩔 수 없었던 것은 '배고픔'이라는 것이었다. 한창 먹을 나이였던 그들은 상당수가 대학생이었기 때문에 대부분은 수입이 없었던 탓에 학교 구내식당이나 학교 앞의 저렴한 식당에서 끼니를 해결하곤 했다.

물론 '어떻게 하면 연착륙시킬 수 있을까'를 고민할 정도로 잘나가던 대한민국 경제의 성과 덕분에 부모님의 넉넉한 지원을 받을 수 있었던 친구들도 있었지만 대부분은 용돈을 쪼개고 쪼개서 밥을 먹고 술을 마시고 다녔다. 그래서 학교 구내식당과 학교 앞 식당들은 그들로 늘 붐볐고, 그만큼 가격은 저렴했다.

X세대와 제육덮밥의 관계

그리고 그때의 그들, 즉 X세대에게 있기 있었던 메뉴 중의 하나가 바로 '제육 덮밥'이었다. 물론 (돌솥) 비빔밥이나 일반적인 찌개 같은 다른 메뉴도 많았고 나름 인기도 있었다. 하지만 저렴한 가격에 매콤 달콤한 '돼지고기'를 먹을 수 있다는 점, 게다가 의외로 조리 시간이 짧아 주문한 후 오래 기다릴 필요가 없었다는 점에서 제육 덮밥은 인기가 많았다.

아니, 정확히 말하자면 인기가 높았다기보다는 아무 생각 없이 주문하더라도 실패할 가능성이 거의 없었기에 많은 청춘들이 찾았다고 보는 게 맞을지도 모르겠다.

그리고 그로부터 몇십 년이 지난 지금.

제육 덮밥의 인기가 여전히 높은지 아니면 그때와는 사뭇 다르게 찾는 사람이 별로 없는지는 잘 모르겠다. 하지만, 김밥을 중심으로 하는 유명 분식집에도, 개인이 운영하는 소규모 식당에도 그리고 종로 3가 뒷골목을 거닐다 무심코 들어간 식당에서 여전히 '제육 덮밥'이라는 메뉴가 있다.

여전히 제육 덮밥은 생존해 있고, 많은 사람들의 선택을 받는 모양이었다.

X세대는 지금 어떻게 지내고 있을까?

밥때는 되었는데 딱히 무엇을 먹고 싶다는 생각은 없어 가장 실패할 확률이 낮은 제육 덮밥을 실로 오랜만에 주문했다. 그리고 마주한 몇 가지 반찬과 제육 덮밥.

문득 그런 생각이 들었다.

그때의 X세대들은 모두 어디로 갔을까? 아니 어떻게 변했을까? 지금도 변함없이 쏟아져 나오는 '무엇에도 구속되지 않고, 남의 눈을 의식하지 않고, 나를 위한 투자에 아끼지 않고, 세상은 나를 중심으로 돌아간다'와 같은 미디어의 내용들을 보면서 무슨 생각을 할까?

그들, X 세대는 가만히 있었는데 시간은 그들의 모든 모든 것을 변화시켰고 오로지 미디어만 그들과는 또 다른 청춘들에게 똑같은 얘기를 하고 있다. 그렇게, 정말 그렇게 시간은 속절없이 흘러갔고 흘러만 가니 어른들이 '세월이 참 야속하다'라고 하셨던 얘기를 이제야 어느 정도 이해할 수 있게 되었다. 제육덮밥을 먹으면서.

- 방문지: 종로 3가 피카디리 뒤쪽, 아지매

- 특징: 맛은 평범. 할아버지, 할머니 두 분이 운영하시는 식당

밀면 – 너와 나, 우린 같을 수 없으니까

예상과는 너무 달랐던 포항의 죽도시장

몇 년 전 겨울, 일이 있어 포항에 간 김에 저녁시간 즈음하여 유명하다는 죽도 시장엘 갔었다. 그때까지의 내 머릿속에는 여러 TV 프로그램에서 보아 왔던 죽도 시장의 활기찬 모습이 그려져 있었기 때문에 시장 구경도 하고 저녁도 먹을 심산이었다.

그런데 죽도 시장에 도착하자마자 내 기대와 예상은 처참하게 빗나갔다. 오후 6시가 조금 넘어 도착한 죽도 시장은 이미 대부분의 상가가 문을 닫아 고즈넉하다 못해 적막했고, 곰탕 집 몇 곳과 해산물을 취급하는 식당이 몰려 있는 곳 등을 제외하면 시장의 중앙통도 사람이 거의 없다시피 했다.

'요즘은 시장도 9 to 6를 하는 건가'라는 생각이 들었다가 '시장이라고 9 to 6를 하지 말라는 법은 없지'라는 생각이 교차했다. 어찌 됐던 중요한 건 죽도 시장의 흥겨움을 느낄 수가 없었다는 것이고 어디서 저녁을 해결해야 하나라는 것이었다. 그래서 혹시나 볼 게 있으려나라는 생각에 그리 크지 않은 죽도 시장의 골목골목을 몇 바퀴 돌았다. 혼자 왔으니 해산물 식당에서 술을 먹기도 어려웠고, 곰탕은 딱히 먹고 싶은 생각이 들지 않았다.

태어나서 처음 맛 본 밀면의 맛

그리고 그때 눈에 들어온 '밀면' 식당.

부산에서 그렇게 유명하다는 밀면을 간판으로 내건 식당이 포항에도 있구나라는 생각에 문을 열고 들어섰다. 딱히 다른 선택지가 없기도 했었지만 그때까지만 해도 밀면이란 음식을 단 한 번도 먹어보지 못했기 때문에 이참에 한번 먹어보자는 생각이 들어서였다.

사람이 다 빠져나간 적막한 시장 풍경처럼 식당 안에도 손님은 거의 없었다. 시장에 사람이 없으니 그럴 수밖에. 자리에 앉아 밀면을 주문한 뒤 잠시 기다렸고, 이내 식탁 위에 차려진 밀면의 모습에 조금은 당황스러웠다.

밀면의 모습이 꼭 냉면의 모습과 닮아 있었기 때문이었다. 그때까지 밀면이란 걸 듣기만 했을 뿐 본 적도 먹은 적도 없었기에 이렇게 냉면과 비슷한 모습일 줄은 전혀 몰랐었다. 젓가락을 들어 드디어 인생 첫 밀면의 맛을 보았다. 그리고 그 맛은 냉면이라고 해도 이상할 게 없는 맛이었다.

너무나 가슴이 아픈 밀면의 탄생

그때 이상한 생각이 들었다.

생김새도, 맛도 냉면의 그것과 비슷한데 왜 부산 사람들은 밀면이라는 이름을 붙이고, 그것을 부산 지역의 토속 음식처럼 소문을 냈을까? 그렇게 밀면을 먹고 돌아와 밀면에 대해 찾아보니 다음과 같은 유래가 있었다.

밀면은 전쟁 통에 생겨난 음식이다. 6.25 전쟁 당시, 이북에서 부산으로 내려온 피란민들이 고향 음식인 냉면을 그리워하여 만들어 낸 음식이 바로 '밀면'이다. 실향민 출신 故 이영순 할머니가 고향에서 냉면집을 하던 노하우를 살려, 냉면 가게를 개업했다.

개업과 동시에 많은 인기를 얻었으나 냉면의 주재료인 메밀을 구

하기 어려웠고, 엎친 데 덮친 격으로 메밀 가격까지 치솟았다. 고민하던 차에 미군 구호품인 밀가루를 발견하고, 그 밀가루에 고구마 전분을 섞어 면 반죽을 만들었다. 그 결과, 더 쫄깃쫄깃한 면발을 생산하는 데 성공했다. 이를 밀가루 냉면이라고 이름을 지었는데 점차 사람들 입에 오르내리다, 지금의 '밀면'이 탄생하게 되었다.
(출처 미상)

그랬다. 밀면의 생김새와 맛이 냉면과 비슷했던 건 원래 냉면을 생각하고 만들었기 때문이었다. 다만 냉면의 주재료를 구하기 힘들어 밀가루로 대체하면서 밀면이라는 이름이 생긴 것뿐이었다.

마치 밀면처럼 비슷하지만 다른 너와 나

그래서일까. 밀면은, 아니 밀면과 냉면은 꼭 우리의 모습 같았다.

이 세상을 살아가는 사람들의 모습을 거리를 두고 바라볼 때 보이는 모습과 굉장히 비슷해 보인다. 특출하게 부자이거나 특출나게 예쁘고 잘생긴, 이른바 소수의 특출난 몇몇을 제외하고 나면 사는 모습도, 생김새도, 살아가는 과정도

대부분 닮은 꼴이다.

마치 냉면과 밀면의 생김새와 맛이 닮은 것처럼.

하지만 조금만 가까이서 들여다보면 그렇게 비슷해 보이는 사람들이 저마다의 다른 모습을 갖고 있음을 알 게 된다. 취미도 다르고, 좋아하는 음식도 다르며, 즐겨보는 TV 프로그램이나 영화 장르도 다르고, 운동을 좋아하거나 싫어하는 사람, 특정 화제 (이슈)에 대한 생각 등이 다 다르다.

아니, 달라야 하는 게 정상이다. 저마다의 성장 과정과 배경이 모두 다르고, 받은 교육도 다 다르며, 관계를 맺는 사람들이 다 다른데 모든 게 같을 수는 없는 것 아니겠는가? 5천만 명의 사람이 있다면 5천만 가지의 생각과 5천만 가지의 삶이 있는 게 정상이 아니겠는가? 그리고 너와 나도 그만큼 다를 수 밖에 없으니 서로가 '다름'을 인정하고 받아들여야 하지 않겠는가?

마치 냉면과 밀면이 생김새와 맛은 비슷하지만 자세히 들여다보면 그 재료와 역사가 다르고, 식감도 다른 것처럼. 그래서 냉면과 밀면은 우리네 모습과 가장 닮은 음식이 아닐까라고 다시 한번 조심스레 생각해 본다.

너와 나, 비슷할 순 있지만 결국엔 다르니까

- 방문지: 포항 죽도 시장 내 부산 밀면

- 특징: 처음 먹었던 음식이라 맛이 있고 없고를 얘기하기엔 어려움이 있고,

  냉면과 비슷하다는 느낌

설렁탕 –
살아가는데 돈은 그렇게나
중요한 존재가 되어 버렸다

우리 모두에겐 뿌리가 있다

꽤나 오래전 어린 시절, 외국에서 어학연수 차 영어를 배울 때였다. 콧수염이 인상적이었던, 연세가 지극하신 미국 선생님은 칠판에 나무를 그려 놓고는 뿌리, 즉 'root'에 대한 이런저런 설명을 하다가 학생 한 명 한 명에게 '너는 뿌리가 있니?'라는 질문을 하신 적이 있었다. 그런데 이상하게도 그때 그 질문에 'Yes'라고 대답을 한 학생은 나밖에 없었다.

그 어떤 거창한 이론이나 인문학적 지식을 곁들이지 않더라도 '나'라는 존재가 존재할 수 있는 이유는 부모님, 조부모님, 증조부모님, 고조부모님을 넘어 오래 전 조상님이 계셨기 때문이라서 당연히 '뿌리'가 있을 수밖에 없다는 생각을 당시에도 늘 했었던 터라 당연히 'Yes'라고 대답했던 것이다. 그런데 다른 나라 학생들은 모두 'No'라고 하거나 대답을 못했었고, 그래서 내 대답을 마음에 들어 하셨던 것 같았다. 물론 질문 이후에 이어졌던 선생님의 설명도 내 생각과 같은 내용이었고, 덕분에 난 같은 반에서 선생님의 의도를 알아챈 유일한 학생이 되어버렸다.

설렁탕은 어떻게 탄생했을까?

그런데 우리 음식 중에 그 '뿌리'를 도저히 알 수 없는 음식이 하나 있으니 바로 설렁탕이다. 많은 사람들이 설렁탕의 유래가 '선농단'이라고 하는데, 어느 분의 블로그에 그 유래가 잘못되었음이 굉장히 논리적으로 정리되어 있어서 그것도 아닌 듯하고, 다른 유래에 대한 의견들도 모두 '그럴 것이다'라는 추측성 글이어서 도저히 그 유래를 알 길이 없다.

반면에.

오히려 그렇기 때문에 다양한 각도로 생각하게끔 만드는 음식 중에 설렁탕만 한 것이 또 있나 싶다. 유래, 즉 정의가 확실하지 않다는 것은 그만큼 다양하게 생각할 수 있는 여지가 많다는 것이니까.

설렁탕에서 우리가 생각해볼 수 있는 것들

일단 설렁탕은 만드는 데에는 굉장히 지난한 시간이 필요하지만 먹는 데에는 그 어떤 패스트푸드보다 짧은 시간만 있으면 되는 음식이다.

가게마다 조금씩 다르겠지만 설렁탕 좀 했다 하는 곳들은 대부분 12시간 혹은 그 이상의 시간 동안 사골을 우려낸 다음 그 뽀얀 국물에 고기를 썰어 내놓는 만큼 '시간과 정성'을 상징하는 음식이 설렁탕이다. 하지만 먹을 때는 송송 썬 파를 한 움큼 넣은 후 밥을 말아 후후 불어 먹다 보면 짧게는 10분 정도면 다 먹을 수 있는 음식이기도 하다. 그러다 보니 만드는 입장에서는 조금 허무하지 않을까라는 생각이 들긴 하는데, 반대로 생각해 보면 식당 입장에서야 손님 회진이 빨리 되니까 더 좋지 않을까라는 생각도 해 본다.

설렁탕에 대한 또 다른 생각은 바로 '깍두기'다. 짜장면과 단무지처럼 설렁탕을 얘기하면서 깍두기를 빼놓을 수가 없다. 심지어 어떤 사람들은 깍두기 맛있어서 특정 식당의 설렁탕을 먹으러 간다고 할 정도로 설렁탕의 맛을, 설렁탕의 위상을 높이는 단짝 중의 단짝이 깍두기가 아닐까.

하지만 그 무엇보다 나에게 설렁탕이란 음식이 가장 인상 깊게 다가왔던 이유는 따로 있다. 어쩌면 나뿐 아니라 대한민국 사람이라면 대부분 설렁탕을 인상 깊게 받아들일 수밖에 없는 이유.

설렁탕에서 돈이란 무엇인가를 떠올리며

바로 고전 소설 [운수 좋은 날]이다.

가난 하디 가난했던 인력거꾼 김첨지에게 그토록 운수가 좋았던 날. 손님을 목적지에 내려주면 기다렸다는 듯이 다른 손님이 타기를 반복해서 일당을 꽤 벌었던 날. 본인이 그토록 원하던 술을 얼큰하게 마시고, 병들어 누워있던 아내가 그토록 먹고 싶어 하던 설렁탕을 사 갖고 갔지만 정작 그 아내는 죽어 있었다는 내용의 그 소설. 김첨지에게 '일'적으로는 가장 운수 좋았던 날이 '개인'적으로는 가장 운수 나빴던 날이 되었다는 그 소설.

결국은 돈이다. 김첨지가 아내의 죽음을 막지 못했던 이유는 그 놈의 '돈' 때문이었다. 그토록 운수 좋았던 날, 일하러 나가기 전 아내가 집에 있어 주기를 얘기했을 때도, 학생을 태우고 서울역으로 가는 과정에서 집 근처를 지날 때도, 아니 애초에 설익은 조 밥을 먹은 아내가 탈이 났을 때 병원에 데리고 가지 못했던 것도 다 그 놈의 '돈' 때문이었다.

그래서 김첨지라는 인물은 애정이 간다. 남 같지가 않다. 누구나 한 번 삐끗하면 밑바닥 인생으로 떨어질 수밖에 없고 그 회복은 너무나 어려운 작금의 현실 속에서 우리가 살아가는 모습이, 그토록 쏟아지는 빗속에서도 '소중한' 돈이 굴러 들어오는 날을 포기할 수 없어 가장 소중한 가족을 돌보는 일까지 제쳐두는 김첨지에 비해 하등 나을 것이 없기 때문이라고 하면 너무 과장된 것일까.

그런 의미에서 본다면 설렁탕이란 어쩌면 우리의 현실을 가장 잘 드러내 주는 음식이 아닐까라는 생각을 해본다. 김첨지의 아내가 그토록 먹고 싶어 하던, 하지만 돈이 없어 사 줄 수 없었던 설렁탕은 김첨지와 아내에게는 자신들의 남루한 현실을 자각하게 만든 그런 음식이었으니까.

뜨끈한 설렁탕을 한 숟가락 떠 입으로 밀어 넣으며, 현진건이 [운수 좋은 날]을 떠 올리며, 그런 생각을 해 본다.

- 방문지: 우성아파트 사거리 근처 진대감

- 특징: 보통의 설렁탕에서 기대하는 맛. 국물이 뽀얀 것이 많은 사골을 오
  랜 시간 우려낸 듯 하다

짜장면 – 누가 뭐라 해도 너는 너 그 자체다

대한민국 최남단과 짜장면

내가 짜장면을 먹었던 가장 독특했던 장소는 마라도였다. 2004년 제주도로 여행을 간 김에 대한민국 최남단이라는 곳까지 한 번 가보자는 생각에 배를 타고 도착한 마라도는 풍경이 너무도 아름다웠던 것과는 별개로 초입부터 여러 곳의 짜장면 집들이 반겨주었다.

사실 대한민국 최남단의 작은 섬 마라도가 짜장면으로 유명해진 이유는 1990년대 말 한 이동통신사에서 전국 어디든 터진다며 마라도를 배경으로 '짜장면 시키신 분'이라는 카피를 넣은 광고를 방영했었는데, 그 광고가 예상 외로 인기를 얻으면서였다.

그리고 마라도까지 온 김에 유명하다는 짜장면이나 먹고 가자는 생각에 어느 가게에 들어가 맛을 본 짜장면은 '짜다'라는 것 외에는 특별한 기억이 남아 있지 않다. 대한민국 최남단의 작은 섬까지 가서 먹은 짜장면인데 이렇게 기억에 남는 게 없을 수도 있다니.

추억이라는 이름의 음식

어린 시절 가족끼리 외식할 때의 단골 메뉴는 중국음식, 그 중에서도 짜장면이었다. 우리 가족뿐 아니라 대부분이 그랬다. 특히 졸업식과 같은 특별한 날에는 중국집에 사람이 몰려 기다리기 일쑤였다. 지금이야 인스턴트로도 쉽게 접할 수 있는 음식이 되었지만 그때는 그랬다.

나 역시도 초등학교 졸업식 날 먹었던 짜장면이 아직도 기억에 남아있다. 당시에는 유명하지 않았지만 지금은 중화요리 4대 문파 중 하나로 유명해진 아서원에서의 짜장면. 온 가족이 둘러앉아 탕수육과 함께 먹었던 짜장면.

짜장면은 중국집의 가장 기본이 되는 음식이라 '짜장면이 맛있으면 그 중국집 음식은 믿어도 된다'라는 얘기까지 있다. 그래서 많은 중국집들이 짜장면을 만들 때 조금이라도

마라도에서 바라 본 풍경은

사진으로 담지 못할 만큼 아름다웠다

맛있게 하려고 조미료를 사용하곤 한다. 물론 짬뽕이나 다른 음식에도 마찬가지지만.

그럼에도 불구하고 모든 중국집의 기본 음식인 짜장면이 모두 맛있는 건 아니다. 어떤 짜장면은 좀 짜고 어떤 짜장면은 달달하기도 하니 무난하면서도 조금만 방심하면 자칫 맛이 없을 수도 있는 음식이 또 짜장면이다. 마치 얼마 전에 분당에서 먹었던 짜장면처럼. 그것도 음식 사업가로 유명한 사람의 이름을 걸고 하는 식당에서.

나를 나답게 하는 것, 이름

내가 그의 이름을 불러주기 전에는 그는 다만 하나의 몸짓에 지나지 않았다. 내가 그의 이름을 불러주었을 때, 그는 나에게로 와서 꽃이 되었다. - 김춘수, [꽃] 중에서

우리는 살아가면서 '나는 누구인가, 나는 왜 이렇게 살고 있는가, 내가 원했고 그려왔던 모습은 이런 게 아니었는데'와 같은 고민을 끊임없이 하는 존재가 아닐까 싶다. 오죽하면 실존주의 철학자 하이데거는 '인간은 존재하면서도 스스로 자신의 존재 가치를 가장 큰 문제로 삼고 있는 존재'라고 했을까.

그리고 그 정체성을 나타내는 것 중 가장 꼭대기에 존재하는 게 '이름'이다, 라고 생각한다. 이름이란 것은 단순히 누군가를 부르거나 누군가가 부르도록 하는 쓰임새만 있는 것이 아니다. 해왔던 일 (그것이 취미든 사회생활이든), 했던 말, 썼던 글, 만났던 사람들과 같은 것들, 즉 그 이름으로 살아온 시간이 모이고 모여 그 이름이 완성된다.

누군가의 이름을 떠올리면 그 사람과 함께 그 사람의 시간이 만들어 온 존재들도 함께 떠오르니까. 그리고 그것이 바로 그 사람의 정체성이니까.

하지만 어느 순간이 되면 스스로의 의지와는 상관없이 그 이름을 잃어버리게 되는 경우가 있다. 사회생활을 하게 되면 직급으로 불리고, 결혼을 해서 아이를 낳게 되면 OO 아빠, OO 엄마라고 불리면서 자신도 모르게 수십 년간 쌓아왔고 불려왔던 정체성의 상징인 이름을 잊고 살고 또 잃고 살게 되기도 한다. 더 이상 '꽃'이 아닌 존재가 되는 것이다. 꽤나 서글픈 일이 아닐 수 없다.

하. 지. 만.

그렇다고 해서 오랜 시간이 모여 만들어진 정체성마저 없어지는 것은 아니지 않나, 라는 생각을 한다. 이름 대신 누구의 엄마, 누구의 상사, 누구의 며느리와 사위로 불린다고 해서 나의 이름으로 만들어 온 길고 긴 시간이 한 순간에 없어지는 것은 아니니까.

누가 뭐래도 너는 너, 그 자체다

짜장면도 그렇다. 짜장면에 대한 가장 큰 논쟁은 얼마 전까지 '자장면'이 표준어였다는 것이다. 가장 기본이 되는 소스가 '자장'이라 자장면이라고 쓰고, 말해야 한다는 것이었는데 아무리 기억을 더듬어 봐도 어린 시절부터 나를 포함한 주변 사람 그 누구도 자장면이라고 말했던 사람은 없었다. 몇 년 전에서야 짜장면도 '인정'한다는 뉴스를 봤는데 그건 인정하고 안 하고의 문제가 아니다.

짜장면은 그냥 짜장면이다. 과거에도, 현재에도 그리고 미래에도 짜장면은 짜장면이다. 길고 긴 시간 동안 공식적으로 인정받지 못했어도 그 지난한 시간만큼 짜장면은 그 존재감을 유감 없이 발휘했던 것이다.

누가 뭐라 해도 너는 너 그 자체이고 나는 나 그 자체인 것처럼.

너를 다르게 부른다고 해서 네가 네가 아닌 것이 아니고 나를 다르게 부른다고 해서 내가 내가 아닌 것이 아닌 것처럼.

네가 '누구 아빠'라고 불린다고 네가 네가 아닌 것이 아니고 내가 '누구 엄마'라고 불린다고 내가 내가 아닌 것이 아닌 것처럼.

너는 그냥 너인 것이고, 나는 그냥 나인 것이다.

그토록 긴 시간을 살아온 너이고, 또 나인 것이다.

- 방문한 곳: 분당 서현역 어느 중국집

- 맛: 면에선 밀가루 비린내가 났고 짜장은 너무 짰다. 거기다 가게 안은 땀
  이 줄줄 흐를 정도로 더웠다

알탕 - 음식과 사랑의 상관관계

하나의 존재, 수 많은 이름

알탕의 핵심 재료는 명란이다. '명란젓'이라는 젓갈로도 많이 만들어 먹는 명란은 명태의 알을 뜻한다. 그리고 이 명태를 잡는 순간 생태라는 이름으로 바뀌고, 생태를 얼리면 동태, 바싹 말리면 북어라는 이름으로 불린다. 겨우내 찬바람에 생태를 얼렸다 녹였다 하는 과정을 거치면 황태라는 이름으로 바뀌고, 명태의 내장을 제거한 후 반건조 한 것을 코다리라고 한다. 그리고 노가리는 명태의 새끼를 뜻한다.

명태란 생선은 처음부터 끝까지 하나의 존재지만 다양하게 불리는 놀라운 생선이다.

경험하지 않으면 알 수 없는 것

내가 알탕을 처음 접하게 된 것은 오래 전 실내포차가 한창 유행일 때 소주 안주로 누군가 시켜서였다. 그 당시까지만 해도 짧은 입 탓에 젓갈을 좋아하지 않았으니 당연히 명란을 좋아할 리 없었고, 그 덕에 알탕을 먹어본 적 역시 당연히 없었다. 아니, 알탕이란 존재 자체를 몰랐다. 사실, 솔직하게 말하면 알탕에 들어가는 알이 명란이라는 것을 알게 된 것조차 나이 서른이 넘어서였으니 어릴 때는 생선과 관계된 것들이 그저 내 입맛에 안 맞았었다고 얘기해야 할 듯하다.

그런데, 그때.

그러니까 누군가 소주 안주로 알탕을 시켰고 주문한 알탕이 식탁에 차려진 후 처음으로 알탕을 먹었을 때의 느낌은 의외로 '먹을만하다'라는 것이었다. 국물 맛은 그냥 탕 맛이었고 생전 처음 먹어 보는 알 (명란)도 먹을만했다. 어디 그뿐인가. 당시에는 정체를 몰랐지만 '곤이'까지 야들야들하니 먹을만했다.

알탕 뿐이 아니었다. 고추의 풋내가 싫어서, 가지의 식감이 싫어서, 생선의 비릿한 내음이 싫어서 안 먹었거나 못 먹

\# 베트남 달랏. 이름마저도 사랑스러운 사랑의 계곡에서.

었던 음식들을 나이가 들면서 어느 순간 자연스럽게 먹게 됐다. 어떤 특별한 계기가 있었던 것도 아니었다. 심지어 어떤 음식은 좋아하게 되기까지 했다.

음식과 사랑의 상관관계

사랑을 하면 새로운 세상이 열린다고 한다. 오랜 시간을 서로 다른 배경에서 서로 다른 시간을 보내며 성장해 온 전혀 몰랐던 누군가를 만나 사랑에 빠진다는 것은, 내가 전혀 몰랐던 상대방의 세상을 이해하고 공감하게 된다는 것이니까.

그리고 단언컨대, 안 먹던 음식을 먹게 된다는 것도 새로운 세상이 열리는 것과 같다.

전혀 몰랐던 맛을, 전혀 몰랐던 식감을, 전혀 몰랐던 느낌을 맛보고 느낄 수 있으니까. 나아가 그 음식을 좋아하고 사랑하게 될 수도 있으니까. 내가 알고 모르는 것과는 상관없이 그 음식은 오랜 시간 동안 자신만의 세상을 지켜왔으니까.

- 방문지: 서초동 우리 회 수산

- 특징: 가격 대비 알과 곤이가 많이 들어 있어서 푸짐하다는 느낌이 있음.
  맛은 흔히 생각하는 알탕의 맛.

치킨 버거 - 할아버지 치킨의 추억

선택장애를 일으키는 치킨의 시대

바야흐로 치킨의 전성시대에 살고 있다,라고 해도 틀린 말이 아닌 시대에 우리는 살고 있다. 지난 2019년 2월 기준으로 전국에 치킨 집이 무려 87,000여 개라고 하니, 2020년 기준 전 세계 맥도날드 매장 수가 39,000개라는 점을 감안하면 '한 집 걸러 한 집이 치킨 집'이란 얘기가 틀린 말도 아닌 듯하다. 이 얘기를 뒤집어서 생각해 보면, 그만큼 치킨 집으로 성공하기가 점점 더 어려워진다는 얘기일 것이다. 아니, 이미 어려워진 지 오래됐다고 보는 게 맞을 것이다. 성공까지는 아니어도 최소한 한 가족이 먹고 살 정도의 수입을 벌기도 쉽지 않다는 생각이 들 정도로 포화 상태에 있는 것이 치킨 집이다.

그럼에도 불구하고 치킨 시장은 늘 변화해왔다. 단순히 양념 반, 후라이드 반을 넘어 다양한 조리법과 소스로 무장한 신 메뉴 치킨이 각 브랜드들마다 매년 쏟아져 나오고 있고, 신 메뉴들의 가격은 기존의 치킨 가격을 훨씬 뛰어넘는 몸값을 뽐내고 있다.

이처럼 치킨이 다양화되면서 불편한 점은 어떤 맛의 치킨을 먹어야 할지 쉽게 결정하기가 어렵다는 것이다. 저마다 다르다고, 특특하다고 하면서 선택을 요구하는 수많은 치킨들 사이에서 무엇을 먹을까 고르는 것이 생각보다 쉬운 일은 아니다. 최소한의 선택 장애란 게 없는 나조차도.

우리는 맛으로 그 시절을 기억하기도 한다

아마 88 서울 올림픽 전후였던 것으로 기억한다. 내가 할아버지 치킨을 제일 처음 접했을 때는 그즈음이었다. 당시 대한민국에서는 치킨보다는 '통닭'이 유행했고 소비자의 선택은 프라이드 통닭과 양념 통닭, 두 가지뿐이었다. 물론 통닭을 주문해도 요즘외 치킨처럼 조각을 내어 주긴 했지만, 누가 뭐래도 그때는 통닭이라는 단어가 사회를 지배하고 있던 시절이었다.

그러던 시절, 아버지를 따라 나섰다가 처음 맛보게 된 할아버지 치킨은 그야말로 신세계였다. 짭조름하면서도 계속 손이 갈 수밖에 없던 그 맛은 당시 통닭에서는 느낄 수 없었던 그런 맛이었고, 그 맛을 내 혀는 여전히 기억하고 있다.

그 오래 전에 이미 나에게 할아버지 치킨은 통닭이 아니라 치킨이었던 것이다. 앞에서 얘기했던 것처럼 수많은 다양한 맛이 유혹하고 있는 치킨의 세계에서도 여전히 잊을 수 없는 최고의 맛을 꼽으라면 나는 주저 없이 당시의 할아버지 치킨을 꼽을 것이다.

그 맛은 단순히 치킨의 맛이 아니기 때문이다. 민주화 운동을 통해 대통령 직선제가 이루어졌고, 올림픽이라는 세계인의 축제를 통해 대한민국에도 세계화 바람이 넘실대며 자유와 개성이 싹을 한창 틔우고 있던 그 시절을 떠올리게 하는 맛이기 때문이다.

버거가 아닌 치킨을 먹었어야 했다

정해져 있던 일정이 어중간한 시간에 끝나는 바람에 점심으로 무엇을 먹을까 잠시 고민하다 주변에 있던 할아버지 치킨 집으로 향했다. 너무도 오랜만에. 날이 너무 더워 밥집을 찾아 헤매는 것도 싫었던 참에 간판이 눈에 들어왔기 때문이었다. 수많은 메뉴 중 나의 선택은 오리지널 버거 세트. 동행이 여럿이었다면 그때 그 시절의 오리지널 치킨 세트를 먹고 싶었지만 혼자서 감당하기엔 양이 너무 많은 관계로 그냥 버거 세트를 먹기로 하고는 주문을 했다.

하지만.

확실히 버거는 오리지널이라고는 해도 그 시절 치킨의 맛을 느끼기엔 어려웠고, 그것이 못내 아쉬웠다. 그때 만약 버거가 아닌 치킨을 먹었다면 어땠을까. 양이 조금 많더라도 내 혀가 기억하는 치킨을 먹었다면 어린 시절 경험했던 그 시절의 맛을 떠 올릴 수 있었을까.

추억이 몽글몽글 솟아오르는 그 추억의 맛을.

추억은 추억으로 남겨야 했다

그날 이후 딱 한 번 그때의 추억을 떠올리고 싶어 할아버지 치킨의 오리지널 치킨을 먹은 적이 있었다. 주문을 하고 음식이 나오기까지의 시간 동안 조금은 흥분된 마음이기도 했다. 거짓말 같지만 정말이다. 어린 시절 처음 맛보았을 때의 그 감동을 다시 한번 느껴볼 수 있을 거라는 기대감으로 충만했다.

하.지.만.

나이가 들어 다시 경험한 오리지널 치킨의 맛은 그때의 감동을 다시 느끼기가 어려웠다. 생각보다 많이 짰다. 내 식습관이 변했기 때문이었다. 언제부턴가, 굳이 '저염식'을 주장하거나 찬양하거나 신봉하지는 않지만 자극적인 음식은 피하고 순한 음식을 먹는데 길들여진 내 혀는 추억의 맛조차 그저 '짠맛'으로 구분해 버린 것이다.

그렇다. 추억은 추억으로 남겨야 했다.

'그리워하는데 한 번 만나고는 못 만나게 되기도 하고 일생을 못 잊으면서도 아니 만나고 살기도 한다'라는 피천득 작가의 [인연]이란 수필처럼, 어쩌면 '맛'이란 것도 추억으로 남기고 살아야 하는 경우도 있는가 보다.

- 장소: 역삼역 KFC

- 맛: 햄버거 맛이 다 비슷하지.

- 단점: 감자튀김이 너무 맛없었다. 눅눅한 느낌 그 자체

닭백숙 – 모든 것은 그만큼 하는 거니까

생각의 차이가 만드는
서로 다른 '만큼'의 기준

직장인들이 1년에 한 번씩 기다리는 날이 있다. 월급날이야 한 달에 한 번이니까 그날은 아니고, 연차나 휴가도 1년 중 아무 때나 갈 수 있는 환경이 예전보다는 많이 보편화되어서 그날도 아니다.

그날은 바로 연봉을 협상하는 날이다. 단 하루의 협상, 어쩌면 10분 만에 끝날 수도 있는 그 협상을 통해 1년 동안 받을 수 있는 월급이 결정되기 때문에 두 근 반 세 근 반하는 마음이 될 수밖에 없다.

하지만 문제는 항상 주는 사람과 받는 사람의 생각이 다르다는 데 있다. 주는 사람은 '넌 이만큼 밖에 못했잖아'라며 가급적 적게 주려고 하고 받는 사람은 '난 이만큼이나 했잖아'라며 가급적 많이 받으려 한다. 그리고 승자는 거의 대부분 주는 쪽이다. 그래서 자존감에 상처를 받는다. 그래서 그 협상에서 진, 받는 쪽의 선택은 대부분 비슷하다. '받는 만큼'만 일하겠다는 것이다. 이 것이 요즘 유행하는 '조용한 퇴사'다.

그런데 여기서 궁금한 것이 있다.

연봉협상에서 진, 받는 쪽이 말하는 받는 '만큼'의 기준은 과연 무엇일까? 반대로 연봉 협상에서 이긴, 주는 쪽에서 얘기하는 '이만큼 밖에'에서 '만큼'의 기준은 무엇일까? 그 기준이 무엇이길래 주는 쪽과 받는 쪽이 서로 다른 생각을 하는 것일까?

7천 원짜리 닭백숙의 가치

"분식집에서 닭백숙을 하는데 괜찮더라고."

폭염 속에서 오랜만에 만난 선배의 얘기를 듣고 처음엔 귀를 의심했다. 우리가, 아니 내가 아는 상식으로 닭백숙은 시원한 계곡이 있는 곳에서 좋은 풍경을 보며 먹는 음식이

거나 최소한 방석을 깔고 앉아 넓은 탁자 위에 한 상 차려진 채로 먹는 음식이었기 때문이었다. 그런데, 분식집에서 닭백숙을 판다고?

선배를 따라간 그 분식집은 정말 분식집이었다. 웬만한 김밥천국보다도 규모가 작은 그 식당은 아주 작은 2인용 식탁 6~7개가 벽을 따라 늘어서 있었고 통로 쪽에 앉을라치면 지나다니는 사람들과 부딪히기 일쑤였다. 그런데 그렇게 작은 곳에 분식집으로써의 메뉴는 다 갖췄다. 김밥에 라면 그리고 비빔면에 돈가스까지. 그리고 그 메뉴 사이에서 정말로 닭백숙을 발견하곤 주문을 했다.

7,000원. 대체 닭백숙이 어떻게 나오길래 이 가격에 가능한 걸까 궁금했지만 일단 주문을 했다.

결론부터 정확히 얘기하면 '닭백숙의 형태를 띤 음식'이라고 봐야 할 듯하다. 닭 뼈를 고아 만든 육수에 닭다리 한쪽과 가슴살 부분 한 덩이 정도만 들었으니 흔히 우리가 아는 닭백숙 정도의 양은 아니다. 사실 육수도 진짜 닭 뼈를 고아서 만들었는지 알 수는 없다.

그래도 이 정도면 한 끼로는 충분하다. 계란 프라이를 얹은 밥도 괜찮았다. 다만 먹다 보니 국물이 좀 짰을 뿐.

7천 원이라는 가격과 분식집이라는 장소적 특성을 감안하면 아마도 반조리 식품일 가능성이 높다. 예전에 모 대기업에서 운영하는 반조리 식품 회사와 관련된 일을 할 때, 담당자로부터 그 브랜드의 '볶음밥' 메뉴의 최대 구매처가 중국집이라는 얘기를 듣고는 아연실색했던 기억이 있기 때문이었다. 이런 좁은 공간에서, 그것도 분식집에서, 단 돈 7천 원에 제대로 된 닭백숙을 기대하는 것 자체가 무리일지도 모른다.

세상 모든 것은 '그만큼' 하는 거니까.

그렇다고 이 집의 닭백숙을 폄하할 생각은 없다. 그래도 요즘 세상에 단돈 7천 원으로 닭백숙의 형태를 가진 음식을 먹을 수 있다는 게 어딘가!

나의 가치는 얼마일까?

연봉협상에서 약자일 수밖에 없는 '받는 쪽'이 협상 실패 후 선택할 수 있는 또 다른 선택지는 이직이다. 협상의 양쪽 주체가 생각하는 '만큼'의 차이가 협상에서 약자인 받는 쪽이 조직을 떠나게 만드는 것이다.

그러다 문득 궁금해졌다. 나의 가치는 얼마일까?

프로 스포츠 선수들처럼 FA 제도가 있다면 나의 가치를 위해 시장에 나가 협상이라도 해보겠건만, 평범한 직장인들에겐 그런 제도가 없으니 나의 가치는 얼마인지 진심으로 궁금해졌다.

직장인이 아닌 사람으로서의 가치

다만, 직장인이 아닌 '사람'으로서의 나의 가치는 회사라는 정글에서 '했거나 하고 있는 일'로만 평가를 받지 않기를 바라고 또 바라본다. '사람'으로서의 나는, 그리고 우리는 사고방식과 생각, 하는 말과 행동, 예의와 품성, 삶과 사람을 대하는 태도와 같은 정량적이지 않은 정성적인 것들이 더 중요하니까. 세상에서는 숫자로 측정할 수 없는 것들이 더 많으니까.

아니다.

애초에 누군가의 가치를 평가하고 평가 받는다는 생각 자체가 잘못됐다,라고 생각한다. 그 누구도 다른 사람의 '사람으로서의 가치'를 평가를 할 권한은 없으니까. 우리 모두는 사람으로서 그만큼의 역할은 하고 있으니까. 그만큼 우리 한 사람 한 사람은 단순한 가치 평가로 판단될 수 없는 소중한 존재니까.

그러니까 누군가의 평가에 상처받거나 위축되거나 기죽지

말자.

　나는 나 자체로, 나라는 이름으로, 내가 할 몫을 하면서 살아가면 되는 거니까.

- 방문지: 판교역 근처 어느 분식집 (지금은 없어졌음)

- 맛: 가격 대비 괜찮았다. 가성비가 좋았다는 뜻

김밥 – 때로는 보이지 않는 것에 진실이 있다

어린 시절, 소풍이 좋았던 이유

어린 시절 소풍이 기대됐던 여러 가지 이유 중 하나는 김밥이었다. 당연히 수업을 하지 않는다는, 이를테면 공식적으로 전교생이 '땡땡이'를 치는 날이라는 것이 가장 크기도 했었지만 평소에는 잘 먹기 힘들었던 김밥을 먹을 수 있는 날이라는 것도 큰 몫을 했던 것이다. '소풍날=김밥 도시락'이라는 등식이 먼저였는지, 아니면 한두 명이 싸오다 보니까 그 문화가 삽시간에 퍼져 등식이 성립된 건지는 모르겠지만 소풍날은 거의 전교생이 약속이나 한 듯이 김밥을 싸 왔었다.

지금이야 각종 김밥집들이 동네마다 최소한 하나씩은 있

을 정도로 흔하게 먹을 수 있는 음식이 되었지만, 당시에는 분식집 중에서도 김밥을 파는 곳은 찾기 어려울 정도였다. 그 이유는 정확히 모르겠지만, 지금처럼 김밥 재료를 만들어서 공급하는 회사가 없어서 그랬던 것이 아닐까라고 개인적으로 추측만 해볼 뿐이다. 그래서 당연히 집에서도 지금처럼 쉽게 먹을 수 있는 음식이 아니었던 것이 김밥이었다.

김밥은 결코 낭만적이지 않다

세계적인 디자이너 코코 샤넬은 말했다.

"사람을 외모로 판단하지 말라. 하지만 당신은 외모로 판단될 것이다."

어쩌면 음식 중에는 김밥이 이 얘기에 해당될지도 모르겠다고 생각한다. 아무리 세월이 흘렀어도 김밥은 먹기엔 간편하지만 만드는 과정은 생각보다 지난한 음식이기 때문이다.

일단 계란을 여러 개 풀어 두툼한 계란 지단을 만들어야 한다. 오이나 당근 같은 채소도 적당한 굵기로 썰어야 한다. 당근의 경우는 살짝 볶는 과정을 거치기도 해야 한다. 시금치의 경우는 끓는 물에 살짝 데쳐 잘 무쳐야 한다. 게맛살이 들어간다면 역시나 적당한 두께로 찢거나 잘라야 한다. 그나마 햄이나 단무지의 경우 김밥용이 많이 나와 있어서 수월한 편이다. 이런 지난한 과정을 거친 후에 김 위에 적당량의 밥을 얹고 역시나 적당량의 준비한 재료를 넣어 잘 말아야 한다. 자칫하면 '옆구리가 터질' 수도 있다. 이처럼 먹기에 간편한 김밥의 만드는 과정은 생각보다 많은 노력과 시간을 필요로 한다.

김밥 집에서 우리가 보는 모습은 이미 준비된 재료를 넣어 만드는 과정뿐이기 때문에 간단한 음식처럼 보이지만 실제로 집에서 만들어보면 만만치 않은 음식이 김밥인 것이다.

'밥알이 김에 달라 붙는 것처럼 너에게 붙어 있을래'라는 자두의 [김밥]이란 노래 가사처럼 낭만적인 음식이 아니라는 얘기다. 코코 샤넬의 얘기에 적용해 본다면, 아마도 먹기에 쉽고 편하다고 만드는 과정도 쉽고 편할 것이라고 판단해서는 안 된다는 것쯤 되지 않을까.

하지만 난 이렇게 표현하고 싶다.

때로는 보이지 않는 것에 진실이 있음을 우리는 잊고 산다고.

김밥의 진실은 편하고 쉬운 먹는 과정이 아니라 보이지 않는 만드는 과정에 있지 않을까. 그리고 겉으로 보여지는 현재의 너의 모습과 나의 모습의 진실은, 그렇게 보여지는 모습을 만들기 위해 보냈던 지난하고 고통스러웠던 긴 시간과 노력이 아닐까.

김밥은 그런 음식이다.

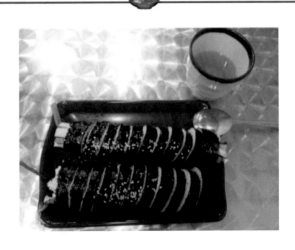

- 장소: 깨순이 김밥

- 맛: 단무지를 싫어해서 빼고 다른 걸 많이 넣어달라고 했더니 훨씬 맛있는

  김밥이 되었다

가면 뒤에 숨겨진
보이지 않는 진실이 있음을
우리는 잊고 산다

편의점 도시락
– 우리가 도시락에서 느끼는 감정

먹는 것에도 세대차이가 있다

시간도 어중간하고 날도 더워 집에서 뭘 하기도 귀찮았던 시간. 배는 출출한데 뭘 먹을까 생각하다 무거운 건 먹기 싫어 선택한 것은 편의점 도시락이었다. 요즘엔 편의점 도시락이 저렴한 가격과 '간편식'으로 각광을 받고 있지만 도시락이라는 단어를 들을 때마다 내 또래가 떠 올리는 건 엄마의 정성이다.

지금이야 학교에서 급식으로 점심을 해결하기 때문에 엄마들이 도시락을 쌀 일이 거의 없지만, 내 또래의 학창 시절에는 엄마의 정성이 가득 담긴 도시락을 친구들과 함께 먹으며 허기를 달래고 배를 채웠다. 그 때는 왜 그렇게 먹어도 먹어도 배가 고팠을까.

엄마가 된다는 것, 그리고 도시락

그 당시 엄마들의 중요한 일과 중 하나는 자식들 도시락을 싸는 것이었다. 어쩌면 엄마가 된다는 것은 도시락을 싸게 된다는 것과 같은 말이었을지도 모른다. 초등학교 고학년이 되는 순간부터 고등학교를 졸업하는 순간까지 거의 10년 동안이나 매일 아침 일찍 일어나 도시락을 싸고 그 도시락을 들려 학교로 보냈던 존재가 엄마니까.

자식이 2~3년 터울로 2명이나 3명이 있다면 도시락을 싸야 하는 기간을 더욱 길어지고, 그래서 자식들이 모두 고등학교를 졸업하고 나면 '드디어 도시락에서 해방이구나'라는 생각과 함께 자식들이 다 컸음을, 이제는 성인이 되었음을 가슴 뿌듯하게 느꼈었으니까.

그래서 엄마가 싸준 도시락은 그냥 한 끼를 때우는 음식이 아니라 자식을 사랑하는 엄마의 마음이 담긴 정성이었다. 풍족하면 풍족한 대로, 부족하면 부족한대로 부지런히 손을 놀려 자식이 먹는 모습을 생각하며 가슴으로 만들어준 정성.

사랑하는 나의 엄마

우리 엄마도 그랬다. 시집오자마자 시작되었던 시동생들의 도시락 싸기가 끝난 지 몇 년 지나지 않아 당신의 자식들 도시락을 싸야만 했던 엄마의 정성. 매일 새벽같이 일어나 사랑하는 마음과 함께 이런 반찬 저런 반찬을 눌러 담아 자식 배고프지 말라고 싸야만 했던 엄마의 정성.

편의점 도시락을 뜯어 전자레인지에 돌리다 문득 생각이 들었다. 이 도시락을 만드는 분들도 정성을 가득 담아 만들었을까, 아니면 기계에서 조리되어 나오는 음식을 기계적으로 담아 포장해서 내보낸 것일까.

엄마의 도시락이 그립다.

- 음식: 돈까스 도시락

- 맛: 편의점 도시락에는 큰 기대를 하지 않는 게 좋다.

- 구성: 밥+ 두 종류의 돈까스와 소스, 소시지, 볶은 김치 약간, 양배추 무침

(?) 약간, 카레

7 레이어 가나슈 케이크 & 아이스 아메리카노
– 내 인생은 이렇게 달달하면 안 되는 걸까

달콤한 인생

'넌 내게 모욕감을 줬어'라는 대사로 유명한 영화 [달콤한 인생]은 다음과 같은 나레이션으로 막을 내린다.

어느 깊은 가을밤 잠에서 깨어난 제자가 울고 있었다.
그 모습을 본 스승이 기이하게 여겨 제자에게 물었다.
- 무서운 꿈을 꾸었느냐?
- 아닙니다
- 슬픈 꿈을 꾸었느냐?
- 아닙니다. 달콤한 꿈을 꾸었습니다.

- 그런데 왜 그리 슬피 우느냐?

제자는 흐르는 눈물을 닦아내며 나지막이 말했다.

- 그 꿈은 이루어질 수 없기 때문입니다.

조직 폭력배의 삶을 살면서 흡사 무엇에도 혹하지 않는다는 뜻을 가진 '불혹 (不惑)'이라는 단어처럼 보스의 명령 외에는 그 어떤 것에도 흔들리지 않던 선우 (이병헌)는, 몸의 여러 곳에 난 선명한 칼자국이 말해주듯 맵고 짜고 쓴 인생을 살던 선우는, 단 3일 동안에 한 여자를 향한 짝사랑의 감정으로 흔들리는 감정을 느끼게 됐고 결국 그 3일이라는 시간이 가장 달콤했던 시간이 아니었나라는 생각을 해 본다.

이루어질 수 없는 꿈이기에 달콤할 수밖에 없는.

'달콤하다'는 뜻을 알기 위해선

커피는 쓰다. 커피를 내리는 향만을 생각하며 그대로 커피를 마시면 뱉어내기 일쑤다. 그래서 설탕을 넣는다. 설탕을 조금 넣고 숟가락으로 살살 저으면 달콤한 맛이 난다.

그렇다. '달콤하다' 라는 말은 달콤하지 않은 맛을 알기 때문에 쓸 수 있는 말이다. 쓰다, 짜다, 맵다와 같은 맛을 모르면 달콤한 맛을 알 수 없으며 그래서 '달콤하다'라는 말을 쓸 수 없게 된다는 얘기다. 그래서 결국 '달콤하다'라는 것은 다른 맛들을 다 알고 났을 때야 할 수 있는 말이 아닌가, 그래야 진정으로 가슴에 와닿는 말이 아닌가라는 생각이 든다.

그런 의미에서 달콤한 인생이란 달콤하지 않은 인생, 그러니까 쓰고 짜고 매운 인생을 알아야 간신히 쓸 수 있는 말이 아닐까? 마치 [달콤한 인생]의 선우처럼.

쓰디쓴 커피의 존재가치

[세계사를 움직이는 다섯 가지 힘]이라는 책에는 커피를 '뭔가 일의 피치를 올리고 싶을 때 마시는 편'이라며 그래서 'Coffee Time'이 아닌 'Coffee Break라고 한다'라고 되어 있다. 사실 이게 무슨 말인지 정확히는 모르겠지만 -우리가 Coffee Break라고 할 때는 보통 휴식의 의미가 있으므로- 카페가 내중화되고 또 그만큼 커피가 대중화된 요즘에는 들어맞지 않는 말이라는 생각이 든다.

누군가와의 약속 장소가 카페가 되고 또 그 누군가를 기다리면서 마시는 게 커피가 된 세상이니까. 단순히 일의 피치를 올리고 싶을 때 마시는 음료가 아니라.

어쩌면 그 때 떼돈을 벌었을지도

그날도 약속 시간이 한참이나 남아서 시원한 에어컨 바람이나 쐴 겸 '별 다방'에 들렀다. 사실 개인적으로는 브랜드 카페는 잘 가지 않는 편이다. 특히 별 다방 커피는 내 입맛엔 너무나 써서 잘 안 가는데 마침 누군가로부터 받은 모바일 쿠폰을 버리기가 아까워서 선뜻 들어섰다.

내가 별 다방을 처음 알게 된 때는 1998년 3월 즈음, 말레이시아 쿠알라룸푸르였다. 사실 먼저 알게 된 것은 현지 친구와 함께 갔던 '콩 다방'이었고, 그 때 콩 다방의 아이스 블렌디드를 처음 경험한 후 느꼈던 환상적인 맛은 아직도 잊을 수가 없다.

그렇게 친구와 함께 이런저런 대화를 나누고 콩 다방을 나왔을 때 맞은편에 있는 별 다방을 발견하곤 '저건 또 뭐지?'라는 생각을 했었다. 당시에는 한국에 두 브랜드 모두 없었으니까.

그때 들었던 생각은 두 브랜드 중 아무 거라도 한국에 들여가면 엄청 잘 될 거라는 것이었고, 그래서 이리저리 알아봤지만 결국 돈 문제로 포기했었다.

참으로 아쉽게도.

삶이 커피와 같다면

개인적으로 자극적인 음식을 싫어한다. 매운맛이든 짠맛이든 단 맛이든 자극적인 음식은 내 몸 어딘가를 불편하게 만들기 때문인데 마치 하기 싫은 공부를 억지로 하는 느낌이 든달까. 하지만 내가 유일하게 달달하게-단 맛이 아니라 달달한 맛이다!- 즐기는 것이 있었으니 바로 커피였다.

'커피였다'라고 과거형으로 표현한 이유는 사람의 식성이란 변하기 마련이어서 지금은 설탕을 넣지 않은 아메리카노를 너무나 잘 마시는 것을 넘어 하루에 한 잔은 꼭 마셔야 하는 습관이 생겼기 때문이다.

하지만 그때, 그러니까 커피 맛을 잘 몰랐던 내가 커피를 마시는 유일한 방법은 아메리카노에 설탕이나 시럽을 넣거나 아예 커피 믹스를 마시는 것이었다.

그래서였을까. 그때 먹었던 7 레이어 가나슈 케이크는 달아도 너무 달았다. 설탕을 넣은 아메리카노와 먹으려니 달아도 너무 달았다. 그리고는 문득 이런 생각이 들었다.

내 인생도 이렇게 단 맛이라면 좋으련만. 이미 쓴 맛, 매운맛을 어느 정도 이상은 봤으니 조금이라도 달달해지면 좋으련만. 그 순간이 언제쯤 올지 조용히 기다리고 또 기다려 본다.

- 장소: 신사동 별다방

- 맛: 달다. 엄청 달다. 아메리카노가 없었다면 너무 달아서 온 몸이 달달해

  질 뻔했다.

쌀국수 – '기본은 한다'라는 것에 대하여

그 나라를 상징하는 음식

많은 나라들은 그 나라를 상징하는 음식이 여러 개 있다. 우리나라는 김치와 비빔밥, 일본은 초밥과 라멘, 독일 소시지와 프레첼, 태국은 똠양꿍과 푸팟퐁커리, 이탈리아는 파스타와 피자, 벨기에는 와플과 같은 것들처럼.

그리고 베트남은 쌀국수를 떠올리는 것이 지극히 당연한 것이 되었고, 꼭 그래서만은 아니었지만 베트남을 장기 여행할 때 쌀국수를 자주 먹었더랬다. 호치민에 도착한 날 첫 끼부터 하노이까지 가는 동안 머물렀던 도시마다 쌀국수는 빠질 수 없는 음식이었다. 워낙 많은 식당들이 쌀국수를 취급하니 있으니 뭘 먹을지 고민할 필요도 없을뿐더러 진한 국물은 언제 먹어도 속이 든든해지는 느낌이었다.

문득 들었던 쌀국수에 대한 궁금증

그런데 쌀국수를 먹을 때마다 들었던 궁금증은 정말 100% 쌀로 만든 면일까라는 것이었다. 물론 메콩 델타 투어에서 봤던 쌀 국수 만드는 과정에서는 별 다른 재료가 혼합되지 않는 100% 쌀로 만든 면이긴 했지만, 베트남 전국의 쌀국수 소비량을 감안하면 정말 모든 쌀국수 면이 온전히 쌀로만 만들어졌다고는 믿기 어렵다. 특히 시중 (수퍼마켓 등)에 유통되는 쌀국수 면의 대부분은 쌀이 '포함'되어 있을 뿐 밀가루가 혼합된 것들이다.

베트남의 쌀국수는 생각보다 종류가 많아 북쪽에 있는 쌀국수의 메뉴를 남쪽에서 찾기 어려울 때도 있다. 예를 들면 상차림과 먹는 방식이 독특해 인상적이었던 분차 (분짜) 같은.

하지만 어차피 내 입맛에는 큰 차이점이 없으니까 무슨 쌀국수인지 모른 채 그냥 먹었다. 그래도 다 맛있었다. 베트남의 어딜 가나 기본은 하는 음식이 쌀국수니까.

기본은 한다는 것에 대하여

기본을 한다는 것은 생각보다 어려운 일이다. 특히 사람과 사이에서 기본을 하기란 생각보다 쉽지 않은 것이, 우리는 살아가면서 수 많은 관계를 맺고, 그 관계의 숫자만큼 역할을 해야 하기 때문이다. 부모로서, 아들 딸로서, 선배이자 후배로서, 친구로서, 직장인으로서, 거래처의 담당자로서, 회사나 가게의 주인으로서 혹은 종업으로서, 조카이거나 손자나 손녀로서.

이 수많은 역할을 해나가면서 기본만 해도 인정 받고, 사랑 받고 그래서 계속 찾게 되는데 그 기본을 해내기가 못내 어렵다.

나는 기본은 하는 사람인 걸까.

그렇다면 무엇에 대해, 어떤 기본을 하고 있는 걸까.

진한 쌀국수 국물을 입 안에 넣으며 고민해 본다.

- 장소: 구리시 토평동 포메인

- 메뉴: 포메인 쌀국수 (차돌)

- 맛: 국물이 진하지만 조금 짠 듯. 전체적으로 괜찮은 맛

콩국수 –
어차피 선택하지 않은 길에 대한 후회와 미련이 남을 수밖에 없으니까

오랜만에 만난 후배와의 점심

오랜만에 후배가 먼 곳까지 찾아왔다. 서로 사는 곳이 멀고 생활 반경이 다른 데다 각자 바쁘기도 하니 못 본지가 몇 년인데 일 때문에 근처에 온 김에 점심이나 하자고 연락이 왔다. 아무리 일 때문이라지만 더운 날씨에 먼 곳까지 찾아왔기에 몸보신 겸 추어탕이라도 사주려고 했는데 후배는 날이 더우니 시원한 게 좋다며 콩국수를 제안했다. 개인적으로는 여름 한 철에만 장사하는 콩국수를 그다지 좋아하는 편은 아니었다. 직접 장사하는 사람한테서 들은 얘기는 냉면 육수와 기타 부대 재료들을 공장에서 받아서 판다는 것이었고, 그래서 콩국수라고 다를까 싶어서였다. 물론 모든 식당이 그럴리야 없겠지만, 여름만 되면 대부분의 식당에서 '냉면 개시', '콩국수 개시'라는 안내문을 입구에 붙여 놓는데 실상은 직접 만드는 게 아니라 공장에서 받아다 판다는 오해가 있었던 것이다. 하지만 후배가 먹고 싶다고 했고 또 날씨도 덥다 보니 약간은 께름칙한 마음을 갖고 일단 콩국수를 파는 곳에 들어갔다 (물론 지금은 상당 수의 가게들이 직접 콩국수를 만든다는 것을 알고 있다).

선택이 어려울수록 쉽게 접근해야 하는 이유

콩국수의 최대 난제는 '설탕 vs 소금'이다. 웬만한 음식에는 특별한 난제가 없는데 콩국수는 설탕을 넣는 사람과 소금을 넣는 사람이 굉장히 갈리는 분위기다. 그래서 주문한 콩국수가 나오고 나서 후배에게 어떤 것을 넣어 먹는지 물었더니 후배 왈 '두 가지 다 넣으면 되죠. 단짠단짠 아니겠습니까.'라며 호방하게 웃었다.

맛다.

어떤 걸 넣어 먹어야 할지 고민이 될 땐 두 가시를 다 '넣으면 되는 거였다. 어떤 걸 할지 고민이 될 땐 두 가지를 다 하면 되는 것이고, 어느 쪽으로 가야 할지 고민이 될 땐 두 가지 길을 모두 가보면 된다. 어차피 우리는 선택하지 않은 길에 대한 후회와 미련이 남을 수밖에 없으니 두 가지 길을 모두 가보면 후회는 없을 테니까.

이 간단하고도 단순한 사실을 왜 이제서야 깨달았을까?

후배의 말은 옳았다. 소금도 넣고 설탕도 넣으니 콩국수가 꽤나 맛있었다. 더운 날 먼 곳까지 찾아와 삶의 지혜를 알려준 후배가, 진심으로 고맙다.

그리고 지금은 콩국수를 굉장히 좋아한다.

어디로 가야 할지 모를 때는

두 갈래 길을 모두 가보면 된다

- 방문한 곳: 경기도 광주 신현리 원조 국수

- 특징: 공장에서 받아 만든 것이 아닌 직접 갈아 만든 콩국수였다. 맛이 고

  소하고 진해서 좋았다

비빔밥 – 세상은 대가를 반드시 돌려준다

비빔밥은 참 예쁘다

비빔밥을 볼 때면 항상 제일 먼저 드는 생각은 '예쁘다'라는 단어다. 가게마다 들어가는 재료는 조금씩 다르지만 주황색과 초록색, 흰색과 갈색 등의 채소 고명들이 가지런히 밥 위에 놓여 있는 비빔밥은 너무나 예쁘다.

그런데 그 예쁜 비빔밥 위에 비빔장-대체적으로 고추장-을 넣고 참기름을 약간 두른 후 숟가락이나 젓가락으로 비비고 나면 그 예쁜 모습은 온데간데없이 사라지고 만다.

그토록 예뻤던 형형색색 채소들이 밥알 사이사이로 이리저리 뒤섞여 비빔장의 빨간색을 품은 채 전혀 다른 모습을 보이는 것이다. 생존이라는 절대 명제를 위해 주린 배를 채

우기 위한 수단으로 선택한 비빔밥은 처음 식탁에 차려졌을 때와는 완벽하게 다른 모습으로 내 앞에 놓이게 된다.

하지만 시각이 아닌 미각이라는 관점에서 접근하면 또 다른 느낌으로 다가오는 것이 비빔밥이다. 처음의 예쁜 상태 그대로 맛을 보게 되면, 그러니까 날 것 그대로의 채소는 채소대로 밥은 밥 대로 먹게 된다면 비빔밥이 만들어내는 맛의 조화를 느낄 수 없게 된다. 오이 따로 상추 따로 콩나물 따로 당근 따로 그리고 밥 따로. 보기에는 예쁘지만 그것이 존재하는 '본질적인 이유'인 음식이라는 측면에서 보면 그 존재의 이유를 찾아보기 어렵다.

예쁜 것이 전부가 아닌 것이다.

늦게 오더라도 오지 않는 법은 없다

요즘 시대에는 남녀를 불문하고 참 예쁜 사람들이 많다. 화장품 기술도 발달하고 화장법도 점점 발전하며 그것을 공유하는 것은 물론 옷차림과 머리 모양 (헤어 스타일)까지 한껏 꾸미고 다니는 사람들이 많아지면서 거리에는 예쁜 사람들이 너무도 많아졌다. 거기에 '돈'이라는 것이 주는 위력이 더해지면 예뻐지는 것이 한층 더 강화된다. 정확히 얘기하자면 예쁘다는 말보다는 경제력이 주는 '여유로움'과 그 여유로움으로부터 나오는 '멋있음'이라는 단어가 더 어울릴지도 모른다. 특히 그 '돈'으로 비싸고 예쁜 옷을 사 입고, 비싸고 예쁜 차를 몰고, 비싸고 예뻐 보이는 머리와 화장을 하고 나면 당연히 더더욱 예뻐질 수밖에 없다. 남녀를 불문하고.

문제는 그러한 '예쁨'을 한 꺼풀 벗기고 났을 때 보여지는 그들의 모습이다. 현재 사회적으로 문제가 되고 있는 그들의 행태는 '돈'으로 치장한 예쁨과 멋있음이 얼마나 가식적인지, 그래서 그 예쁨과 멋있음이 얼마나 의미 없는지에 대해 심각하게 얘기해주고 있다.

비빔밥은 보기에 예쁘고, 먹기 위한 준비를 마치면 예쁨 대신 '맛있음'이란 즐거움을 주지만 '돈'으로 산 그들의 예쁨은 한 꺼풀 벗겨내면 오히려 먹을 수 없어 뱉어내야만 하는 추악한 모습들만 남아 있다.

내가 좋아하는 소설 '모던 아랑전'에 이런 문장이 나온다.

세상은 공평하지 않지만 대가는 반드시 돌려주죠. 돌고 돌아서 언젠가는 뒤통수를 치거든요. 언젠가는 돌아와요. 자기도 모르는 사이에 어느덧 성큼 뒤에 와 있죠. 늦게 올 수는 있어도 오지 않는 경우는 없어요. 절대로요. 늦게 돌아올수록 눈덩이처럼 커시죠.

그래, 늦게 오더라도 안 오는 법은 없다. 언젠가는 온다.

그래서 비빔밥이 처음 상에 놓였을 때처럼 예쁘게, 그리고 음식으로서의 기능을 발휘하는 순간처럼 맛있게 살지는 못하더라도, 그래서 그렇게 남에게 행복을 주는 사람을 사람은 못되더라도, 착하게는 살아야겠다는 생각을 비빔밥을 볼 때마다 생각하곤 한다.

- 방문지: 고구려 (포항시 죽도동)

- 특징: 가성비 (6,000원) 끝내주는 곳. 원래 한우 고깃집인데 점심 메뉴인
  불고기 비빔밥이 한 자리를 차지하고 있지만 된장찌개까지 주니 이 정도
  면 괜찮다. 불고기가 계란에 깔려 잘 안 보이지만 분명히 먹을 만큼 있다

육개장 – 시간이 지나도 지울 수 없는 게 있다

어린 시절 기억이 지배하는 식재료

어릴 때도 그랬고 지금도 그렇지만 난 종교가 없는 반면 할머니는 불교 신자셨던 터라 절에 자주 다니셨다. 우리나라 가족문화의 특성상 보통 할머니 또는 할아버지로 상징되는 집안 어르신들이 믿는 종교를 가족 구성원들은 자연스럽게 따르곤 하는데 우리 집은 종교의 자유가 있었다. 아니, 종교의 자유를 넘어 종교라는 것 자체를 믿거나 말거나 하는 분위기였다.

아무튼 그 어린 시절, 할머니는 절에만 다녀오시면 집에서 고사리를 삶으셨다. 돈을 주고 사 오신 건지, 절에 가신 김에 캐오신 건지는 모르겠지만 아무튼 절에만 다녀오시면 항상 반복되는 할머니의 일과 같은 것이었다. 문제는 고사리 삶는 냄새가 생각보다 굉장히 역겹다는데 있(었)다.

뭐라고 말이나 글로 표현할 수 없는 그 역겨운 냄새는 학교를 마치고 집에 들어서는 순간부터 코를 자극해서 헛구역질이 나올 정도였고, 그래서 집에 도착해서 가장 먼저 했던 일은 모든 창문을 열어 환기를 하는 것이었다.

그 이후로는 사실상 고사리를 못 먹게 되었다. 아니, 정확히 말하면 먹으려면 먹을 수는 있지만 군이 억지로 먹지도 않았을뿐더러 국물 음식에 고사리가 들어 있으면 젓가락으로 다른 그릇에 다 덜어 낸 후 먹어 왔고 지금도 그렇다.

보기만 하면 습관적으로 떠오르는 그 냄새 때문에 성인이 된 지금까지도 도저히 먹기 어려운 채소 중 하나가 고사리다.

세상에는 피할 수 없는 것들도 있다

그런 고사리가 '거의 필수적'으로 들어가는 우리나라 음식으로는-다른 것도 있겠지만- 비빔밥과 육개장이 있다.

그런데 비빔밥은 그나마 고사리가 없는 경우도 왕왕 있지만, 육개장의 경우에는 어느 식당을 가더라노 왜인시 모르게 고사리가 거의 필수적으로 들어간다. 그래서 육개장을 먹을 때마다 고사리를 한껏 덜어내고는 먹는데, 그렇게 한 번 든 습관은 오랜 시간이 지났지만 쉽게 고쳐지질 않는다.

어린 시절 경험한, 그래서 나도 모르게 깊이 새겨진 고약한 냄새가 아직까지도 나를 따라다니고 있는 것이다.

그런데 곰곰이 생각해 보면 어린 시절뿐만 아니라 성인이 되어서도 본의 아니게 경험하게 된 상처 같은 것들은 평생을 따라다니며 무의식적으로 불쑥불쑥 튀어나오기 마련이다. 그리고 우리는 그런 것들을 '트라우마'라고 부른다.

사람들은 '시간이 약'이라며 시간이 지나면 잊혀지고 무뎌질 거라고 얘기하지만 상처를 받은 쪽은 쉽게 잊혀지지 않고 한 구석 깊숙이 남아 있을 수밖에 없는 인지상정이 아닐까.

그래. 시간이 지나도 잊혀지지 않는 것들이 있다.

오랜 시간이 지나도 지울 수 없는 것들이 있다.

살아가면서 중요한 것은 결국 그런 것들을 어떻게 잘 추스르냐일 텐데 그게 어디 마음먹는다고 쉽게 되는 일이던가.

그저 조금씩이라도, 아주 조금씩이라도 무뎌질 수 있도록 노력하는 것뿐이겠지.

시간이 지나도 잊혀지지 않는 것들과

지워지지 않는 것들이 있다

- 방문지: 일산 대화역 부근 소담 칼국수 & 보쌈

- 특징: 칼국수 정식을 시키면 전, 보쌈, 샐러드, 소량의 나물밥 등이 세트로 나오는 것이 특징. 가격 대비 푸짐하게 먹을 수 있어서 좋다. 기본적으로 맵다

초밥 – 조연은 조연일 때 가장 아름답지 않을까

스스로 생각해도 이상한 식습관

오랜만에 평소 알고 지내던 선배를 점심시간에 만나러 갔더랬다. 워낙 변화무쌍한 날씨 덕에 초가을이라고 해야 할지 가을의 한 복판이라고 해야 할지 모르겠는 어정쩡한 시절, 일기예보에서 비가 온다고 해서 우산을 들고 나섰지만 막상 세상은 햇살로 가득했던 그런 날이었다.

그 선배는 설렁탕과 초밥 그리고 기억이 나지 않는 또 다른 한 가지 메뉴를 추천했고 내가 그 중에서 선택한 것은 초밥이었다.

꽤나 오래 전, 그러니까 일본에서 방사능 사고가 일어나기 전 일본 동경 여행을 할 때였다. 숙소 근처의 어느 서리를 걷다가 '100엔 스시' 식당이 눈에 들어와 배고픔을 참지 못하고 들어간 적이 있었다. 중심가는 아니고 한적한 외곽의 어느 골목이었는데 '100엔'이라는 가격 치고는 컨베이어 벨트가 돌아가는 제법 큰 규모의 회전 초밥 집이었다.

자리를 잡고 앉아 기본 세팅을 한 후에, 차분히 내 앞을 지나가는 초밥 중에서 먹고 싶은 것을 골라 먹다 보니 무려 20 접시나 먹고는 만족감과 포만감에 배를 통통 두드리며 계산을 했었는데, 당시 환율이 1,000원에서 왔다 갔다 할 때였으니 불과 2만 원 남짓으로 초밥을 그야말로 '배 터지게' 먹었던 것이었다.

개인적으로 회는 먼저 찾아 먹는 음식이 아니지만 이상하고 아니러니 하게도 초밥은 좋아하는데, 가끔 왜 그럴까 하고 그 이유를 생각해 보면 그 답은 '밥'에 있는 것이 아닐까 라는 생각을 해 본다.

뭔가 새콤하면서 살짝 달짝지근한 초밥의 밥. 그냥 맨 밥이 아니라 자꾸 입맛을 당기는 적절한 양념이 되어 있는 초밥의 밥. 그리고 그 위에 살포시 얹혀진 얇고 소박한 크기의 다양한 회들.

고추냉이가 싫은 이유

그런 초밥을 먹을 때 가장 신경 쓰는 것은 다른 그 무엇도 아닌 고추냉이다. 태생적으로 자극적인 맛을 좋아하지 않는 입맛 덕분에 겨자나 고추냉이 같은 코를 알싸하게 만드는 소스는 싫어하는데, 그 때문에 고추냉이가 맛을 지배하는 초밥 집은 두 번 다시 가지 않는다. 혹여 무심코 들어간 초밥 집의 초밥들이 고추냉이로 자극적인 맛을 낸다면 일일이 젓가락으로 고추냉이를 걷어내고 나서 먹는다.

엄밀히 말해서 고추냉이는 초밥의 조연이다. 초밥의 주연은 밥과 그 위를 장식하고 있는 다양한 횟감이다. 그런데 고추냉이가 많아서 맛이 자극적이 되어 버리면 내가 좋아하는 초밥의 밥맛도, 간장을 살짝 찍어 입어 넣은 회들의 맛도 고추냉이에 가려져 느낄 수가 없다.

조연이 너무 강력하면 무엇이 주연인지 알 수 없고, 결국은 그것으로부터 무엇을 느껴야 하는지 알 수가 없다는 것이다.

흔한 말로 본말이 전도되어 버린다는 것이다.

관객 한 명 없는 텅 빈 객석을 마주한 무대에서 조차도

주연과 조연은 나뉘어 있을지 모른다.

조연과 주연 사이, 그 어디쯤에서

조연은 조연일 때 가장 아름답다는 생각을 하곤 한다. 조연이 주연처럼 되거나 주연이 해야 할 것을 해치게 되면 본질은 사라지고 이것도 저것도 아닌 그저 자극적인 조연만 남게 되는 것은 아닐까. 모두가 주연을 하고 싶어하지만 주연은 자리는 한정되어 있으니 결국 누군가는 조연을 해야 하니까.

하.지.만.

내 인생에서만큼은 내가 주연이어야 한다,고 생각한다.

다른 그 누구도 아닌 내가 살아가는 인생이니까. 내가 결정하고 행동한 일에 대한 모든 책임은 온전히 내가 져야 하니까. 그래야 주연으로서 켜켜이 쌓여가는 시간의 더미 속에서 무엇을 느껴야 하는지, 무엇을 느끼고 있는지 알 수 있으니까.

반대로 생각해 보면, 난 그저 내 인생에 있어 주연이기만 하면 될 뿐 다른 사람들의 인생에 있어서는 조연이거나 지나가는 엑스트라 정도면 충분하지 않은가,라는 생각을 초밥을 간장에 살짝 찍은 후 입어 넣어 씹으며 해 본다.

- 방문한 곳: 교대 (남부터미널 역) 근처 스시환

- 특징: 메뉴는 점심 정식, 정식치고는 아주 작은 우동만 딸려 나옴

닭갈비 –
잘못된 지식이 권력을 만났을 때의 비극

이런 닭갈비도 있다니

전 직장 후배에게서 연락이 왔다. 자신이 기획한 것이 있는데 한 번 봐줄 수 있냐는 부탁이었다. 이런저런 사정으로 회사를 떠나면서도 제대로 가르쳐주지 못해 안타까운 마음을 갖고 있었는데, 먼저 전화를 해서 기획안을 검토해 달라고 하니 즐거운 마음으로 알겠노라고 했다.

그리고 며칠 후.

퇴근 시간이 조금 지났을 무렵 만나서는 그가 준비한 기획안을 놓고 내가 생각하는 것과 왜 그렇게 생각할 수 밖에 없는지에 대한 대화를 한참 동안 나눴다. 그리고 뭐라도 먹으며 남은 이야기를 하자고 옮긴 곳은 닭갈비 집이었다.

그런데 그 곳의 메뉴는 우리가 흔히 알고 있는 철판 닭갈비나 숯불 닭갈비가 아니라 '쫄임 닭갈비'라는 좀 생소한 것이었고, 어떤 음식일까라는 호기심에 일단 주문을 했다. 잠시 후 테이블 위에 차려진 음식을 보니 닭갈비라기 보다는 닭도리탕에 더 가까웠다.

자작한 국물이 있어서 이 것을 '쫄이는' 동안 양념 국물이 음식에 배도록 한 음식인데 확실히 닭도리탕이라고 해도 될 법한 음식이었다.

음식 이름도 강제 개명을 당하다니

말이 나왔으니 하는 말이지만 '닭볶음탕'은 우리 음식 이름 중에 가장 잘못된 이름이라고 생각한다. 일단 닭을 볶는 과정은 전혀 거치치도 않는데다, 볶음과 탕이 어우러진 음식이라니. 볶음탕이란 음식 자체가 어떤 음식인지 잘 상상이 가지 않는다.

닭도리탕이 닭볶음탕으로 '강제 개명'된 이유는, 많은 사람들이 알고 있는 것처럼, '도리'라는 것이 일본말 (뜻: 새)이라는 것 때문이었다. 그런데 이것이야말로 잘못된 지식을 기반으로 대중 (국민)을 선동한 대표적인 사례라고 생각한다.

우리나라 음식의 가장 기본적인 이름 구성은 '재료+음식의 성질'이다. 이를테면 김치찌개, 된장찌개, 순댓국, 파전 등이 그것이다.

또 다른 형태로 '음식을 만드는 방법+음식의 성질'로 구성되기도 하는데, 이를테면 볶음밥, 곰탕이 있으며 이것이 조금 더 진화하면 '재료+음식을 만드는 방법+음식의 성질'로 구성이 되는데 가장 대표적인 것이 닭곰탕이다 (물론 이외에도 다양한 방식으로 만들어진 음식 이름들이 있지만 크게 보면 그렇다는 것이다).

닭도리탕 역시 '재료+음식을 만드는 방법+음식의 성질'로 구성된 음식 이름인데, 여기서 '도리'라고 하는 것은 '도려내다'라는 뜻의 '도리치다'를 활용한 것으로, '닭을 토막내서 만든 탕'이라는 뜻이다. 그러던 것을 1992년 문화부(현 문화체육관광부)가 '도리'가 일본 말이라며 강제로 닭볶음탕으로 바꾼 것이다.

가짜 뉴스의 세상에서 살아남는 법

그래서 권력이란 것이 무섭고 권력을 가신 사람들은 징획

하고 제대로 된 지식을 갖고 피권력자인 국민들에게 전달할 필요가 있다. '1+1=3'이라고 권력을 이용해 박박 우긴 후 그것이 사회적 통념상 상식으로 통하게 해서는 안 된다는 것이다.

물론 그런 잘못된 사실들을 받아들이는 사람들의 태도에도 문제가 있을 수 있다. 잘못된 것을 다수가 '그게 맞다'고 해서 나 역시도 그것을 사실로 받아들이기 시작하면, 지금 사회적으로 문제가 되고 있는 가짜 뉴스 같은 것에 휘둘릴 수 밖에 없는 것이다.

결국 이런 가짜 뉴스의 세상에서 잘못된 지식에 휘둘리지 않는 방법은 단 하나, 나 자신의 대한 믿음과 내가 믿는 것에 대한 소신이 아닐까라는 생각을 점점 '쫄아드는' 닭도리탕 같은 닭갈비를 보며 해 본다. 그리고 이 '쫄임 닭갈비'가 어쩌면 닭도리탕보다 더 닭도리탕에 어울리는 이름이 아닌가라는 생각도 해 본다.

- 신논현 역 근처 '닭갈비 傳 (전)'

- 특징: 닭갈비가 닭도리탕 같다. 맛은 괜찮다. 자극적이지 않으며 맵지 않다.

  다만, 양이 좀 적은 편

돈까스 - 음식은 때론 사람의 태도를 바꾼다

나의 저렴한 미각 (味覺)

처음부터 안 먹었으면 안 먹었지 먹겠다고 생각했으면 주는 대로 먹는 데다 웬만하면 못 먹는 것 빼고는 다 먹는 식성 덕에 특별히 가리는 음식이 없어서 가끔 오해를 사곤 한다. 조미료를 넣든 안 넣든, 천연 재료를 쓰든 안 쓰든 나의 혀와 뇌가 기억하는 맛의 범위 안에서 크게 벗어나지 않으면 다 먹을만한 음식이고, 그래서 '그 집 음식 먹을만한데'라고 했다가 먹고 난 사람들에게 핀잔을 들은 적이 꽤 있기 때문이다.

사실 거리에 수많은 식당들이 있는데 줄 서서 기다리면서까지 사람들이 찾는 '맛 집'이란 것에 늘 의아하다는 생각을 하곤 한다. 아무리 맛있는 냉면집이라고 해도 공장에서 받아다 파는 수많은 냉면집의 냉면과 비교해도 그다지 '엄청나게 맛있다'는 생각이 들지 않고, 아무리 맛있는 만두전골 집이라고 해도 막상 먹어 보면 정말로 줄 서서까지 기다리면서 먹어야 하는 음식인가에 대한 의문이 든다.

좋게 말하면 딱히 가리는 음식이 없다는 것이고 나쁘게 말하면 내 혀는 제대로 된 미각을 갖지 않아서 그런 게 아닐까,라고 혼자 생각해 보긴 한다.

그래서 나에겐 '맛집'은 없고 '맛없는 집'만 있다. 내 식성을 아는 주변 사람들은 내가 '맛없다'라고 하면 '그 집은 정말 맛없는 집'이라고 생각할 정도니까.

나에겐 세상에서 가장 까다로운 음식

하지만, 그런 나에게도 굉장히 까다로운 음식이 하나 있으니 바로 돈까스다. 만약에 신이 내려주신 음식이 있다고 한다면 돈까스일 것이다,라고 늘 생각할 정도로 돈까스를 좋아하기 때문에 그만큼 까다롭다.

내가 돈까스를 고르는 기준은 두 가지다.

우선, 고기의 두께. 돈까스를 입에 넣고 씹었을 때 이떤 식감을 내느냐는 튀김옷의 두께와 튀김 정도도 중요하지만 결정적인 것은 고기의 두께다. 어느 정도 두께가 있어야 튀김옷과의 조화를 통해 씹는 느낌을 충분히 얻을 수 있기 때문이다. 그래서 넓고 큰, 이른바 A4 돈까스 같은 한국식보다는 일본식 돈까스를 선호한다.

또 하나는 소스. 최근에는 기성품으로 나온 돈까스 소스들이 많아서 그것을 쓰는 집들이 많은데 그렇다 보니 어떨 때는 소스 맛이 너무 강하고 또 어떤 때는 너무 밋밋해서 돈까스에서 소스는 의외로 중요하다.

이처럼 돈까스를 좋아하고, 돈까스에 대해서만큼은 까다롭지만 아직까지 인생 돈까스 집을 찾지 못했다는 것을 생각하면 좀 아쉽기도 하고 슬프기도 하다.

나의 인생 식당은 어디에

그래서 어느 날은 진지하게 고민해 봤다. 대체 왜 나는 이렇게 좋아하는 음식을 제대로 하는 집을 아직까지 발견하지 못했을까?

돈까스라는 음식을 두고 이런 진지한 고민을 한다는 것이 우습기도 하지만 나름 진지한 고민 끝에 내가 '맛 집'이란 것을 찾아다니는 것을 좋아하지 않는다는 결론에 도달했다. 검색만 하면 정보가 쏟아지는 21세기에 살면서도 '좋아하지 않는다'는 스스로의 당위성 때문에 문명의 이기를 전혀 이용하지 않고 있었던 것이다.

결론을 내리자마자 인터넷 검색을 했다. 그리고는 오랜 시간을 들여 몇 군데를 추렸고 이제 가 보기만 하면 되는 것이다. 상황이 여의치 않아 아직 가보지 못했는데 근시일 내에 꼭 한 번 가봐야겠다는 생각을 하고 있다.

그렇다.

때론 음식은 사람의 태도와 행동을 바꿀 때도 있다.

맛 집이란 것 자체를 이해하지 못했던 사람을 '맛 집' 검색을 하게 만들 수도 있고, 가장 대기 시간이 짧은 식당이 늘 1순위였던 사람이 어떻게 하면 대기 시간을 줄이고 그 음식을 먹을 수 있을까를 고민하게도 만든다.

어디 음식뿐이겠는가.

누군가에겐 한 권의 책이, 누군가에게는 한 편의 연극이, 또 누군가에게는 소중한 인연이 그 사람의 가치관과 태도와 행동을 바꿀 수 있는 작은 계기가 될 수도 있지 않을까.

그래서 난 돈까스를 사랑한다.

어찌 보면 아주 작을 수 있는 나의 변화를 만들어준 음식이 바로 신이 내려 주셨다고 생각하는 논까스이기 때문에.

- 방문한 곳: 문경 휴게소 (중부 내륙 고속도로, 상행)

- 특징: 국물과 깍두기가 없다는 게 큰 단점. 같이 나온 수프를 국물처럼 먹어야 함. 게다가 가격은 9,000원이나 할 정도로 비쌈

만두전골 – 리더가 된다는 것에 대해

불량소녀를 부탁해

몇 년 전 일본 영화 [불량소녀, 너를 응원해!]를 본 적이 있다. 사실 일본 성장 영화는 [스윙밴드], [가슴 배구단] 같은 영화를 통해서 이야기 구조가 크게 다르지 않다는 걸 알기에 '더 이상은 보지 않으리라'라고 생각한 지가 꽤 되었을 때였다. 그런데 그날은 대체, 왜, 무엇 때문인지 모르겠지만 이 영화를 보게 되었다. 어쩌면 실화를 바탕으로 한 영화라는 사실에 이끌려서였는지도 모르겠다.

영화의 주인공 사야카는 제목 그대로 불량소녀. 어린 시절에는 아버지의 귀여움을 받는 예쁜 딸이었시만 싱장히

면서 학교에서 왕따를 당하며 친구를 사귀는데 어려움을 겪게 되고, 그 사실을 알게 된 사야카의 엄마는 '교복이 예쁘다'는 사야카의 한마디에 새로운 중학교로 전학을 보낸다. 하지만 등교 첫날부터 새로 사귄 친구들과 공부는 뒷전으로 미루고 화장을 하고 놀러 다니기 바쁜 생활을 했고, 오죽하면 선생님이 '네가 대학엘 가면 알몸으로 운동장을 뛰겠다'는 얘기까지 할 정도였다.

그러다 엄마의 권유로 사야카는 사설 학원에 등록하게 되는데 그곳에서 운명적으로 츠보타 선생님을 만나게 되고, 불량소녀 사야카는 마침내 일본 최고의 대학 중 하나로 평가받는 게이오 대학에 입학할 수 있게 된다.

다시 말하지만 이 영화는 실화다. 그리고 이 영화에서 주목해야 할 점은 츠보타 선생님은 어떻게 성적이 바닥에 가까운 불량소녀를 게이오 대학에 입학하도록 만들었을까다.

츠보타의 리더십

가장 먼저, 영화를 보면서 '과연 저게 효과가 있을까?'라는 생각이 들 정도로 눈높이에서 얘기한다는 것이다. 이를테면 테스트 시험에서 0점을 받은 사야카에게 훈계나 꾸지

람 대신 답을 적는 곳에 빈칸이 없어서 괜찮다고 칭찬을 하는 방법으로.

두 번째로, 끊임없이 자신감을 심어준다. 학원 옥상 벤치에서 계란을 세우면서 츠보타 선생님은 사야카에게 이렇게 얘기한다.

'이게 대단하다고 생각되는 이유는 설 수 있음을 몰랐기 때문이야. 둥글다는 선입견으로 처음부터 포기한 거지. 가능성을 믿는 건 무척 중요한 일이야.'

그리고는 끊임없이 자신감을 심어주며 처음부터 게이오 대학을 목표로 하자고 권유하는데, 목표를 높게 잡고 그 목표를 위해 행동해야 그 아래 단계라도 갈 수 있기 때문이다.

그리고 세 번째는, 개인적으로는 가장 중요하다고 생각되는 것인데 바로 끝까지 믿는다는 것이다.

'구제불능이라 불리면 정말 그런 줄 압니다. 자신의 가능성을 믿지 않게 됩니다.'

츠보타가 사야카의 담임 선생님을 만났을 때 한 얘기다. 담임 선생님이 '걔는 어차피 안 되니까 헛일하지 마라'고 하자 이렇게 대답한 것이다. 다시 말하면 사야카가 보이는 곳에서만 믿는 모습을 보여준 게 아니라 당사자가 없는 자리에서도 끝까지 믿음을 보이는 것이 진짜 츠보타 선생님의 모습이었던 것이다. 그 결과로 사야카는 불량소녀에서 게이오 대학의 여대생이 될 수 있었다.

그리고 이 세 가지를 한 단어로 표현하면 '포용력'이 아닐까 한다. 아무도 인정하지 않던 말썽 많은 불량소녀 사야카를 아무런 편견 없이 끌어안고 끝까지 이끌어준 포용력.

그날 인사동에서 먹은 만두

오랜만에 친척 동생과 어머니를 시내에서 만났다. 여느 때와 다름없었던 일요일에 얼굴이나 보자며 만난 곳은 인사동. 먹을 곳도 많고 천천히 걸으며 둘러볼 곳도 많기에 군말 없이 만난 인사동에서 우리가 가장 먼저 한 것은 점심을 먹는 것이었고, 친척 동생은 예전에 와본 적이 있다며 만두전골 식당으로 나와 엄마를 이끌었다. 그리고 이내 차려진 만두전골 한 상.

사실 만두를 먹을 때마다 드는 생각은 '참 많은 것을 품고 있구나'라는 것이다. 고기만두라고 해서 고기만, 김치 만두라고 해서 김치만 들어 있는 것이 아니라 숙주나물, 부추, 당면, 두부 등이 들어있고 어떤 곳은 배추까지 들어 있는 만두를 내놓는 식당도 있다. 그리고 이렇게 다양한 재료를 한데 품어서 조화로운 맛을 만들어 내는 음식이 바로 만두다. 그리고 그 만두를 우리는 쪄서 먹기도 하고 구워서 먹기도 하며 전골이나 국처럼 끓여서 먹기도 한다. 중요한 것은 어떻게 먹더라도 만두가 만들어내는 그 조화로운 맛은 변함이 없다는 것이다.

모든 재료를 끌어안고 포용한 채 만들어내는 그 맛.

나는 츠보타 선생님이 될 수 있을까

사회생활을 하고 연차가 올라가면서 우리는 '관리'라는 것을 하게 된다. 직접 진행하는 실무 외에 조직을 관리하게 된다는 것이다. 그것이 팀이든, 실이든, 셀이든, 본부든 명칭과는 상관없이. '이윤을 내야만 하는 집단'이라는 정의를 달고 있는 회사라는 조직에서 매출을 내기 위해 몸과 마음을 모두 쓰는 것과 동시에 조직원들에게 관심을 기울이고 그들이 심적으로나 일적으로 이탈하지 않도록 신경도 써야 한다.

하지만 모든 사람이 똑같은 능력을 가실 수는 없기에 누구는 뛰어난 결과를 만들기도 하지만 누구는 실수를 연발하거나 초라한 결과를 만들어 낼 수도 있다. 문제는 후자의 경우다.

잘하는 친구들이야 계속 좋은 결과를 만들 수 있도록 분위기만 조성해주면 되지만, 초라한 결과를 만들어내는 친구들은 업무를 가르침과 동시에 상처가 생기지 않도록 마음도 써야 한다. 하지만 이게 말이 쉽지 사람인 이상 일을 하다 보면 스트레스를 받기도 하고 짜증이 나는 상황이 자주 있을 수밖에 없는데, 그런 상황에서 이런 친구들까지 감당하기란 생각처럼 쉽지 않다. 아니, 어렵다.

그래서 그런 친구들을 대할 때마다 츠보타 선생님을 떠올려본다. 끝까지 믿고 감싸 안은 츠보타 선생님을. 포기하지 않는 포용력으로 목표를 결과로 만들어준 츠보타 선생님을. 사람과 사람 사이는 결국 그런 거니까.

뜨거운 만두전골을 후후 불어가며 떠올려본다.

- 방문한 곳: 궁 (경인 미술관 바로 앞)

- 특징: 국물이 자극적이지 않아서 좋지만 가격이 너무 비싸다. 미슐랭 가

    이드에 소개됐다는데 그 기준을 모르겠다.

순댓국 –
이 세상에 절대적으로 맞다거나
옳은 것은 없으니까

어쩌면 전 세계적인 음식

일 때문에 지방에 내려갔다가 올라오는 길에 병천에 들러 순댓국을 먹은 적이 있었다. 순대의 고장이라고 하기도 하고 순대가 탄생한 곳이라고도 해서 병천에서 먹는 순대와 순댓국은 뭔가 색다를 줄 알았는데 우리가 익히 알고 있는 순대와 순댓국이었다.

뭔가 엄청난 특별한 것은 없었다.

사실 순대는 우리만 먹는 것이 아니라 우리 민족과 형제 민족인 중국 남쪽과 인도차이나 반도 북쪽에 살고 있는 이른바 '소수 민족'들도 즐겨 먹는 음식이니 엄밀히 말하면 병천이 순대의 탄생지라는 것은 조금 과장된 것이라는 생각이 든다.

먹는 방식이 이렇게 다양한 음식이 있다니

지인 중에 순댓국을 끔찍이도 사랑하는 분이 있다.

얼마나 사랑하냐면 '지금 당장 지구가 멸망한다면 마지막 음식으로 순댓국을 먹을 거야'라고까지 할 정도인데, 사실 모든 국밥이 그렇지만 특히 순댓국은 그 자체로는 어떤 맛인지 가늠하기 어려운 음식 중 하나다.

그래서 소위 '다데기'라고 부르는 양념장을 넣어 먹는 사람과 빼고 먹는 사람, 들깨 가루를 뿌려 먹는 사람과 그냥 먹는 사람, 순대만 먹는 사람과 고기만 먹는 사람 그리고 그리고 순대와 고기 모두 넣어 먹는 사람 등 먹는 방식도 다양해서 실제로 최근 순댓국 집 중에는 주문서에 아예 '순대만', '고기만' 등이 표시되어 있는 곳도 있다. 심지어 어떤 곳은 다른 부속물은 넣지 않고 순대와 머리 고기만 기본으로 넣어주는 곳도 있다.

개인적으로는 몇 년 전 먹었던 먹었던 순냇국이 냄새 비린내가 심하게 나서 먹다가 숟가락을 내려놓았던 적이 있었는데, 그 이후로는 웬만하면 '순대만'을 시켜 먹는다. 자극적인 양념장은 조금만 넣고, 들깨 가루는 적당히 뿌려서.

5천만명의 기호와 습관이 같을 순 없잖아

이처럼 사람마다 먹는 방식이 다양해서 여러 기호를 가진 사람들이 모여 순댓국집엘 가면 주문하는데 시간이 걸리기도 한다. 문제는 그럴 때 꼭 '순댓국 먹을 줄 모르는구만'이라며 오지랖을 부리는 사람이 있다는 것이다.

사실 이런 사람은 꼭 순댓국이 아니더라도 '설렁탕엔 깍두기 국물을 부어 먹어야 한다'든지 '다리를 먹어야 오징어를 먹을 줄 아는 거지'라는 식으로 항상 자신이 알고 있고 자신이 먹는 방법만이 제대로 된 것처럼 얘기하곤 하는 특성이 있다.

그런데 가만히 생각해 보자.

세상에 음식을 먹는데 정해진 방법이 어디 있단 말인가? 그 사람이 먹는 방법이 반드시 그 음식을 제대로 즐기는 방법이라는 걸 보증하고 인정해 줄 사람이 누가 있을까?

베트남 박하 시장에서 본 순대 파는 모습

대한민국에 5천만 명이 살고 있다면 5천만 가지의 다양한 생각과 사고방식이 있을 수 있다. 그 얘기는 음식을 먹는 방법에서도 5천만 가지의 방법이 있을 수 있다는 뜻이다.

그런데 왜 우리 주변에는 항상 자신만의 생각과 자신만의 방식이 맞다고 생각하고 심지어 강요하는 사람이 있을까?

누구는 짜장면을 비빌 때 양 손을 사용하기도 하고 누구는 한 손을 사용하기도 한다. 누구는 비빔밥을 비빌 때 젓가락을 사용하고 누구는 숟가락을 사용한다. 누구는 탕수육에 소스를 부어 먹고 누구는 소스에 찍어 먹는다.

어찌 보면 음식이라는 작은 '꺼리'지만 이런 작은 것에서부터 다른 사람들의 다양성과 개성을 인정하고 받아들이는 문화가 정착되면 좋겠다. 이 세상에 절대적으로 맞다거나 옳은 것은 없으니까.

그런데 갑자기 궁금해졌다.

순댓국을 그렇게나 사랑하는 지인은 과연 어떤 순댓국을 먹을까? 기본? 순대만? 고기만? 양념장을 넣어서? 들깻가루도 뿌려서?

그것이 정말 궁금하다.

- 방문한 곳: 삼성동 공항터미널 지하 푸드코트 신의주 찹쌀 순대

- 가격: 8,000원

- 특징: 순대만을 시켰는데 순대 개수가 되게 적었음. 대신 국물은 진하고 괜찮은 듯

회 - 본질은 언제나 가려져 있다

회를 먹는 방법에 대한 고찰

개인적으로.

다 같이 먹어야 되는 상황이라면 먹지만 굳이 찾아 먹지 않는 음식 중의 하나가 '회'다. 회도 회 나름대로의 맛이 분명히 있겠지만 원체 미각이 발달하지 못한 나는 대체 회를 무슨 맛으로 먹는지 알 수 없기 때문이다.

내가 이런 얘기를 하면 회를 좋아하는 사람들이 이구동성으로 하는 얘기는 '회 맛을 모르는구만'이라는 당연하고도 뻔한 것이다. 너무도 당연하게 회 맛을 알면 회를 좋아하겠지.

그런데 재미있는 것은 그런 얘기를 하는 사람들의 대부분이 회를 초장에 찍어 먹는다는 것이며 심지어는 '회는 초장 맛으로 먹는다'는 얘기까지 하는 사람도 있다는 것이다.

초장이란 고유의 강한 맛 -매콤하면서도 새콤하고 거기에 달달하기까지 한- 때문에 다른 음식의 맛을 가려버린다. 초장에 찍어 먹는 회 역시 회가 주는 그 본질적인 맛을 가려버린다. 그럼에도 불구하고 회를 좋아한다는 사람들이 초장을 찍어 회를 먹거나 초장 맛으로 회를 먹는다니 아이러니할 뿐이다.

그래서 나는 회를 먹을 때 꼭 간장을 찍어 먹는다. 당연히 고추냉이 (와사비)도 섞지 않는다. 회 한 점을 집어 간장에 '살짝' 찍고는 입 안에 넣고 되도록이면 오래 씹는다.

최대한 회 맛을 느껴 보려고.

회가 주는 본질적인 맛을 느껴 보려고.

거북한 진실, 달콤한 거짓말

우리는 살아가면서 이따금 혹은 대개의 경우에 본질은 보지 못하고 겉으로 드러난 모습만 보고 판단한다. 현상만 보고 그 이면에 가려진 진실은 보지 못하는 경우가 많다는 뜻이다.

그리고는 자로 재고 무 자르듯이 자르면서 판단한다. 때로는 남들이 판단하는 대로 또는 목소리 큰 사람이 얘기하는 대로 따라가기도 한다. 정작 본질과 진실은 가려져 있음에도 겉으로 드러난 현상만으로 판단하는 것이다.

아니, 어쩌면 진실을 알고 있을 수도 있다. 어쩌면 조금만 노력하면 그 본질을 알 수도 있을 것이다. 하지만 그 진실을 알았을 때의 두려움, 껍데기를 벗어낸 본질을 알았을 때의 충격이 무섭고 두려워 일부러 외면하는 것일 수도 있다.

그래서 거북한 진실보다 달콤한 거짓말을 더 좋아한다고 하지 않는가.

회를 한 점 집어서 간장에 살짝 찍는다. 그리고 입 안에 넣고는 천천히 씹으며 그 맛을 음미하려고 애써 본다.

나와 내 주변, 내가 보고 듣고 생활하는 이 공간에서 거북한 진실이 필요한지 아니면 달콤한 거짓말이 필요한지를 생각해 보면서.

- 방문한 곳: 방이동 먹자 골목. 청화 회포차

- 특징: 회 맛을 좀 아는 사람에 의하면 숙성한 회 같다고 한다. 그래서 굉장히 좋아했던 곳. 개인적으로는 알탕이 정말 맛있었던 곳. 웬만하면 맛있단 얘기를 안 하는 데 이 곳 알탕은 정말 맛있다

돼지 국밥 – 의미 없는 원조 논쟁

누가 서울로 '아구찜'을 옮겼을까

지금은 아예 '간장 게장 골목'이라는 이름이 붙어 버린 신사동의 한 골목길은 원래 '아구찜 골목'이라고 불렸을 정도로 아구찜 식당이 많았다. 물론 지금도 여전히 명맥을 유지한 곳이 있긴 하지만 골목 이름처럼 간장 게장 식당으로 대부분 바뀐 지가 꽤 됐다.

그리고 그 시절, 아구찜 골목으로 들어서면 발견할 수 있었던 것은 그토록 수많은 아구 찜 식당들이 서로 '우리가 원조'라고 하는 간판들이었다. 세상에 너도나도 원조라고 하니 대체 어느 식당이 진짜 원조인지는 도저히 알 길이 없었다.

사실 '아구'의 정식 이름은 아귀다. '첫 판부터 장난질이냐'라는 대사로 유명한 영화 [타짜]의 아귀와 같은 이름. 그래서 아구찜도 원래는 '아귀찜'이라고 해야 하지만 이상하게도 아구찜이라는 말이 더 익숙해졌다. 그리고 이 아귀는 생선이다 보니 아귀를 주재료로 만든 아귀찜의 원조는 항구 도시 (내 기억이 맞다면 마산이 확실하다) 일 거라는 것은 쉽게 생각해볼 수 있는데도 서울 강남의 신사동에 자리 잡은 아귀찜 식당들은 모두 자기들이 원조라고 했던 것이다.

생각보다 재미있는 음식 이름 중 하나

돼지 국밥의 백미는 누가 뭐라 해도 아삭한 부추다. 어떤 곳은 살짝 양념을 해서 내놓는 곳도 있고, 어떤 곳은 날 것을 그냥 내놓는 곳도 있는데 뭐가 됐든 아삭한 부추를 국밥에 넣어 함께 한 숟가락 떠먹는 맛이 매력적인 음식이 돼지 국밥이다. 개인적으로는.

우리나라 음식 이름 중에 개인적으로 재미있게 생각하는 것이 '국밥'이다. 국밥이란 말 그대로 국과 밥을 얘기하는데, 보통 토렴 방식으로 국에 밥이 담겨 나오는 경우와 밥을 따로 주는 두 가지 경우로 나뉜다.

항구 도시에서 탄생했을 아구찜을

누가 서울로 옮겼을까

내가 이런 '국밥'을 재미있다고 생각한 이유는 주 재료에 따라 국밥의 성격과 이름이 결정된다는, 아주 단순한 작명법 때문이다. 순대가 들어가면 순대 국밥, 콩나물이 들어가면 콩나물 국밥, 돼지고기가 들어가면 돼지 국밥.

그래서 역설적으로 국밥에 있어 원조 논쟁은 말 그대로 의미가 없다고 생각한다.

전주 말고 콩나물을 국에 넣어 먹었던 곳이 설마 없었을까. 오직 병천에서만 순대를 국에 넣어 끓여 먹었을까. 부산 말고는 돼지를 삶아서 국밥으로 먹은 곳이 없었을까.

같은 지역에서도 마찬가지다.

부산에 가면 서로 자기가 '돼지 국밥의 원조'라며 60년 됐네, 50년 됐네 하는데 그게 무슨 의미가 있으며, 또 그걸 어떻게 믿을 수 있겠는가. '전쟁통에 시장 한 구석에서 내가 제일 먼저 시작했어'라는 것을 어떻게 믿을 수 있겠는가. 다른 동네에서 다른 사람이 먼저 시작했을 수도 있는데. 그냥 육수 내서 돼지고기 넣으면 돼지국밥인 것을.

하긴 감자튀김의 외국어인 '프렌치 프라이'도 벨기에와 프랑스가 서로 원조라고 싸우는 형국이니 음식에 있어서 원조 논쟁은 '자존심 문제'일 수도 있겠다는 생각이 든다. 참고로 밸기에가 프렌치 프라이를 유네스코 세계문화유산으로 신청 예정이라는 뉴스 기사도 있었으니 프렌치 프라이는 녀 이상

프렌치 프라이가 아닐 수도 있겠다. 참고로 프랑스와의 원조 논쟁으로 2018까지 등재되지 못한 것으로 알려져 있으며 지금은 어떻게 됐는지 모르겠다.

원조보다 더욱 중요한 것

하지만 이것 하나만은 생각할 필요가 있지 않을까. 원조보다 더 뛰어난 후발 주자는 언제든지 등장할 수 있다는 것을. 끊임없이 연구하고 노력하지 않으면 원조가 원조가 아니게 될 수도 있다는 것을. 마치 벤츠가 자동차의 원조라서 구매하는 것이 아니고, 비타 500이 기능성 비타민 음료의 최초라서 구매하는 것이 아닌 것처럼.

그래서 가장 중요한 것은 현재 누가 그 일을 잘 하고 있는가라는 것을.

- 방문지: 부산 24시 순대·돼지국밥·밀면 (포항 고용복지플러스센터 옆)

- 특징: 별거 아닌 밑반찬들을 있어 보이게 쟁반에 담아내어 준다. 왠지 대

  접받는 느낌이랄까. 육수 끓이는 것을 가게 밖에서 직접 볼 수 있어 신뢰

  가 간다

갈비탕 – 어차피 확률은 반반의 문제가 아닐까

세상에서 가장 독특한 스포츠

우리나라에서 가장 인기 있는 스포츠 종목을 얘기하라면 아마도 많은 사람들이 '야구'를 얘기할 것이다,라고 장담한다. 축구나 농구, 골프나 핸드볼 등 다른 스포츠 팬들에게는 섭섭한 얘기일 수도 있지만 연간 관중수가 600만 명이 넘는 스포츠니까 크게 이상한 얘기는 아닐 것이다.

그런데 이 야구라는 스포츠가 얼마나 독특하냐면, 우선 거의 유일한 '완벽한 턴 (Turn) 제'의 스포츠라는 점이다. 농구나 축구처럼 많은 사람들이 사랑하는 스포츠는 물론 테니스, 탁구, 배드민턴 등의 네트를 사이에 두고 벌이는 스포츠부터 태권도나 유도와 같은 격투 스포츠까지도 공격과 수

비가 동시에 이루어지는데 반해 야구는 '내가 공격할 때는 넌 수비만 해'라는 것이 가장 기본적인 규칙이다. 수비를 하는 동안엔 공격을 할 수가 없고, 공격을 하는 동안엔 수비를 할 수가 없다.

그리고 또 하나 독특한 점은 30%의 확률을 만든 선수를 굉장한 수준급으로 본다는 것이다. 타자의 경우 3할 타자라고 하면 억대 연봉을 받을 수 있고, 투수의 경우 평균 자책점[1]이 3점대라면 역시나 억대의 연봉을 받을 수 있다.

세상에, 30%의 확률만 만들어도 슈퍼스타라는 명예와 엄청난 연봉의 부 (副)가 따라오는 스포츠가 있다니 정말로 독특하면서 놀라운 스포츠임에 틀림없다. 그리고 이런 야구에 비춰봤을 때 로또 1등에 당첨될 확률은 무려 814만 분의 1이니, 로또 1등에 당첨된 사람이 야구 선수들보다 수십 배는 더 많은 돈을 움켜쥐어야 하지만 현실은 30%의 확률을 성적으로 만든 야구 선수들이 FA가 되면 150억 원까지 버는 것을 보면 아이러니하기도 하다.

---

[1] 평균지책점: 투수의 잘못으로 내준 점수를 9이닝으로 나눈 것

우리 삶도 30%의 확률만 만들어도 된다면-

실패할 확률이 가장 적은 음식

간만에 밖에서 점심을 먹기 위해 찾아간 곳은 갈비탕 집. 당시 근무하던 회사 길 건너 편에 꽤나 넓은 공간을 차지한 갈비탕 집은 원래 정육점을 함께 하는 고깃집이었기 때문에 다른 고깃집보다 한우를 저렴하게 판매한다는 각종 문구가 가게 안을 장식하고 있었다. 하지만 가격표를 볼 때마다 느꼈던 것은 '저게 대체 뭐가 싸다는 거야?'였다. 심지어 당시에 갈비탕 가격이 무려 1만원이었다. 물론 1만원을 받는 갈비탕 집이 없었던 것은 아니었지만 8,000원 정도가 대세였던 때였음에도 그 식당은 당당히 1만원을 받았었다.

그럼에도 불구하고 내가 그 식당의 갈비탕에 반했던 이유는 갈비탕에 들어 있는 고기가 너무도 푸짐했었기 때문이었다. 이 정도면 정말 1만원 가치는 한다고 생각이 들었던 거의 유일한 갈비탕이었다.

사실 언제 갈비탕을 제일 처음 먹었는지에 대한 기억은 아무리 뇌 속을 뒤집어 봐도 떠오르지 않는다. 어쩌면 어린 시절 부모님과 처음 먹었을 수도 있고 또 어쩌면 대학시절 학생 식당에서 나온 메뉴로 먹었을 수도 있다. 그것도 아니라면 사회에 나와서 직장 동료들과 먹었을 수도 있겠으나 중요한 건 갈비탕은 갈비탕이라는 것이다.

즉, 어느 갈비탕 집을 가더라도 맛의 차이가 크지 않다는 것이다. 우리가 '정말 괜찮은 갈비탕 집'이라고 얘기할 때는 보통 고기가 푸짐하게 많이 나오는 집을 얘기하니까. 사실 국물 맛이야 소고기 다시다를 조금만 넣으면 이 집이나 저 집이나 맛은 비슷해진다. 그래서 갈비탕을 선택한다는 것은 실패할 확률이 적거나 거의 없다는 뜻과 같은 말이다,라고 생각한다.

삶이 팍팍해지지 않은 확률

사실 확률이란 것 자체가 반반, 즉 50:50의 문제가 아닐까,라고 생각 한다. 아니 그렇게 생각 해야 우리가 살아가는 데 조금이나마 힘을 낼 수 있지 않을까라는 생각을 한다. 로또 당첨 확률이 814만분의 1이지만 로또 당첨자는 매주 나오고, 한 때 공무원 시험 경쟁률이 58대 1이었지만 공무원에 합격하는 사람도 계속 나왔었다.

결국 로또에 당첨되거나 아니거나, 서울시 공무원에 합격되거나 아니거나라는 50:50의 문제로 생각한다면, 그래서 기왕이면 긍정적인 쪽 50%에 희망을 걸면 팍팍한 삶에 조금 활력이 되지 않을까.

물론 갈비탕은 웬만하면 실패할 확률이 '0'에 가까운 음식이라 긍정이냐 아니냐라는 고민도 할 필요가 없는 '스트레스 제로'의 음식이라는 장점이 있다는 것을 갈비를 뜯으며 생각해 본다.

그래, 갈비탕은 갈비탕이다.

- 먹은 곳: 구리시 토평동 만송골 갈비탕

- 가격: 6,900원 (왕갈비탕 10,000원). 이 가격은 손님 유인용 가격으로 주문
  할 때부터 고기가 별로 안 들어간다고 얘기해줌

- 맛: 전형적인 갈비탕 맛. 고기 두 덩이

마파두부밥 –
나와 관련된 음식이 나온다면 어떤 생각이 들까

우리가 잘 모르는 중국 음식의 뜻

'중국 음식'이라고 해야 할지, '중화요리'라고 해야 할지 잘 모르겠지만, 소위 말하는 '중국집'에 가서 메뉴판을 보면 대체 그 정체를 알 수 없는 음식들이 상당히 많다. 그래서 사람들이 주로 먹는 음식은 대부분 비슷비슷한데, 예전에 어떤 TV 프로그램에서 이연복 요리사가 다양한 중국 음식의 뜻을 얘기해주는 것을 보고 '오~' 했던 적이 있었다.

기스면 (鷄絲麵)은 닭고기 (鷄)를 실 (絲)처럼 가늘게 찢어 넣은 국수라는 뜻이고, 탕수육 (糖醋肉)은 당 (糖)과 식초(醋)로 맛을 낸 돼지고기(肉)라고 한다. 유산슬 (溜三絲)은 물을 넣어 걸쭉한 전분에 (溜) 세 가지 재료(三)를 실(絲)처럼 가늘게 썰어 만드는데, 여기서 세 가지 재료는 고기, 해산물, 채소를 뜻한다고 한다. 아마도 한자를 중국식 (?)으로 표기하고 말하면서 음식은 익숙하지만 그 뜻은 모르는 음식이 된 것이 아닐까 싶다.

생각보다 재미있는 뜻을 가진 중국 음식

그런데 그중에서도 가장 재미있었던 뜻을 가진 음식은 마파두부였다. 이 건 어느 날 문득 궁금해져서 인터넷에서 찾아본 내용인데, 먼저 마파의 한자를 살펴보면 삼이나 베옷을 뜻하는 마 (麻)와 할머니를 뜻하는 파 (婆)로 구성되어 있다. 우리가 여름에 입는 옷 중에 '마로 만든 옷'을 말할 때 그 '마'가 '麻'고, 예전에 연세 드신 할머니를 부르던 '노파'라는 단어의 '파'가 '婆'다. 그런데 '麻'는 천연두 같은 피부 질환을 앓고 난 뒤에 남은 흉터를 뜻하기도 하는데, 흔히들 '곰보'라고 하는 것을 '麻'라고 한다고도 한다. 그러니까 마파는 '곰보 자국을 가진 할머니'라는 뜻인데, 대체 두부로 만든 음식에 왜 마파라는 단어가 붙었을까?

그래서 좀 더 자세히 찾아보니 얘기하는 사람마다 상세한 내용은 조금씩 다르지만 공통적인 것은 매운맛으로 유명한 사천성 음식이라는 것과 얼굴에 곰보 자국이 있었던 할머니가 이 음식을 처음 만들었다는 것이었다. 쉽게 말하면 마파두부는 이 음식을 처음 만든 할머니를 상징하는 음식이라는 뜻이다.

누군가의 이름이 붙는다는 것

배우들, 특히 여배우들의 경우 출연한 드라마가 소위 히트를 치면 그 여배우가 극 중에서 하고 나온 패션과 소품들이 덩달아 인기를 얻게 되는 경우가 종종 있다. 'OOO 바지', 'OOO 신발', 'OOO 시계', 'OOO 가방'하는 식으로. 오래전 배우 김희선 씨가 어린 시절 출연해서 히트 쳤던 드라마 [미스터 Q]에서 하고 나왔던 곱창 밴드가 '김희선 곱창 밴드'라는 별명으로 대유행을 했던 것처럼.

최근에는 너무나 많은 정보로 인해 광고를 통해 브랜드 이름을 기억하지 못하는 사람들이 'OOO 화장품'과 같은 식으로 검색을 하기도 한다.

그런데 한 가지 궁금한 것이 있다.

이렇게 특정 제품이나 브랜드에 자신의 이름이 붙게 된

연예인들은 어떤 생각이나 감정이 들까? 마냥 기쁘고 뿌듯할까, 아니면 실제로는 좋아하지 않는 제품이나 브랜드라도 어쩔 수 없이 그 제품이나 브랜드를 구매할까? 아니면 그 제품이나 브랜드에 대한 어떤 책임감 같은 것일까?

나의 이름은 붙은 음식이 생긴다면

세계적인 작가 조지 버나드 쇼는 묘비에 '갈팡질팡하다(우물쭈물하다) 내 이럴 줄 알았지'라고 써서 사후에 더 유명해졌다. 사실 그의 이름은 유명하지만 그가 남긴 작품들 중에 우리에게 익숙한 건 무려 1938년 오스카 시상식에서 각색상을 받은 '피그말리온' 정도인 걸 보니 묘비에 쓴 문구로 유명해졌다고 하는 게 전혀 틀린 말은 아닌 것 같다.

한 가지 재미있는 것은 묘비 문구의 원문은 ""I Knew If I Stayed Around Long Enough Something Like This Would Happen."이니 번역하면 '충분히 오래 살았으니 이렇게 될 줄 알았다' 정도일 텐데 이게 어떻게 '우물쭈물하다' 또는 '갈팡질팡하다'라는 식으로 유명해졌는지 모르겠다는 것이다.

우리 속담에 '호랑이는 죽어서 가죽을 남기고 사람은 죽

172

어서 이름을 남긴다'는 속담이 있는데, 그런 관점에서 보면 조지 버나드 쇼는 이름을 확실히 남긴 것임에 틀림없다.

그리고 많은 사람들이 그렇게 이름을 남기기 위해 누군가는 책을 쓰고, 누군가는 강연을 하고, 누군가는 연기를 하고, 누군가는 노래를 하며 누군가는 운동을 하기도 한다.

그리고 앞서 얘기했던 브랜드나 제품에 자신의 이름이 붙은 연예인들도 그 브랜드나 제품이 존속하는 한 이름이 남을 것이다. 그리고 오랜 시간을 관통하면서 많은 사람들의 입을 행복하게 해 준 마파 할머니의 음식 마파두부는 아주 먼 훗날에도 많은 사람들이 계속 먹을 테니, 단순히 이름을 남긴 것을 넘어 어쩌면 하늘나라에서 엄청난 자부심을 느끼고 있을지도 모른다.

그리고 만약, 정말 그럴 일은 100% 완벽하게 가능성이 없지만, 내 이름이나 별명이 붙은 음식이 생긴다면 나는 어떤 기분이 들까? 과분하다는 생각이 들까, 아니면 쑥스럽고 창피하다는 생각이 들까? 그것도 아니라면 영원히 이름을 남길 수 있다는 것에서 자부심을 갖게 될까?

가장 중요한 것은 일단 요리부터 배워야 하는 것이겠지만 생각해 보는 것만으로도 재미있는 것임에는 틀림없는 것 같다.

-방문지: 서초동 중국성

- 맛: 전형적인 매콤한 마파두부 맛. 별다른 특징은 없다

한정식 – 공간과 시간의 차이

습관이 무서운 이유

표준 국어대사전에서 "어떤 행위를 오랫동안 되풀이하는 과정에서 저절로 익혀진 행동 방식"이라고 정의한 것처럼 습관이란 하루아침에 만들어지는 것이 아니다. 매일 같은 시간에 일어나는 것, 매일 운동하는 것, 매 끼니마다 필요 이상의 음식을 먹지 않는 것과 같은 것들이 오늘 한 번 한다고 익숙해지는 것이 아니라 꾸준히 오랜 시간 동안 '습관'처럼 해야 익숙해지는 것처럼.

그래서 처음에는 불편하더라도 한 번 습관이 들면 익숙해지면서 편안함을 느끼게 되고, 오히려 그 습관을 지키지 않으면 뭔가 불편해진다.

그리고 이 습관이 개인을 넘어 조직이나 국가 나아가 민족 단위가 되면 그것은 그들만의 문화가 된다.

특별한 그 순간

오랜만에 본가에 방문했다. 보통의 경우 어머니께서 간단하게라도 손수 음식을 차려주셨지만 매일같이 이어지는 불볕더위 때문에 내가 나가서 먹자고 했다. 아무리 짧은 시간이라도 이 무더위에 불 앞에서 음식을 하기엔 힘드신 연세니까. 그리고 어머니께서 추천하신 음식은 한정식이었다.

개인적으로는 한정식을 어떤 특별한 자리거나 외국에서 손님이나 친구가 오지 않는 이상 잘 먹지 않는데, 한 상 떡하니 차려 놓고 먹는 것도 이따금씩은 괜찮은지라 두 말 않고 따라나섰다.

우리나라 식 (食) 문화의 가장 큰 특징

사람들이 잘 인지 못하는 한식, 그러니까 우리 식 (食) 문화의 가장 큰 특징은 발효 음식이 많다거나 젓가락을 기가 막히게 사용한다거나 하는 것이 아니다. 젓가락 얘기가 나온 김에 여담을 풀어보면, 일본은 원래 일반인들 사이에서 숟가락 문화가 없었다고 한다. 예전부터 일본에서의 숟가락은 고귀한 신분을 상징하는 것이기 때문에 소위 귀족이나 왕족이 아니면 사용할 수 없었고, 그래서 [고독한 미식가]란 TV 프로그램에서 자주 보이듯이 대부분의 일본 사람들은 아직도 젓가락만을 사용한다. 물론 다양한 국가의 다양한 음식들이 소개되면서 숟가락이 없으면 먹기 불편한 음식들이 있으니 숟가락을 같이 사용하는 사람들이 많이 늘었지만 기본적으로는 젓가락 중심의 문화라는 것이다. 그래서 우리나라처럼 끈기 있는 쌀로 만드는 밥을 먹음에도 밥공기를 들어 젓가락을 사용해 입 안으로 밀어 넣는 모습을 종종 볼 수 있다. 습관이란 이처럼 익숙해지면 무서운 것이다.

이 얘기는 오래전 비행기에서 만난 일본에서 굉장히 오래 사셨던 한국 분이 해주셨던 얘기인데, 생전 처음 보는 나에게 거짓말을 할 이유는 없으니 맞는 얘기가 아닐까라고 생각한다.

본론으로 돌아가서, 우리나라 식 (食) 문화의 가장 큰 특징은 바로 '상다리 부러지게 차린다'라는 말처럼 '공간'을 기반으로 하고 있다는 것이다. 전식이든 후식이든 한 상에 가득 차리는 문화인 것인데, 반면에 서양 음식은 '애피타이서-

메인 코스-디저트'라는 공식처럼 '시간'을 기반으로 하고 있다는 것이다.

공간과 시간의 차이, 그것이 우리를 규정하는 가장 큰 특징인 것이다.

한정식은 음식이 아닌 문화

그리고 한 가지 또 다른 특징은 -다른 나라 음식들도 그렇겠지만 - 먹는데 소요되는 시간에 비해 준비하고 만드는 데 지난한 시간을 필요로 한다는 것이다. 설렁탕만 해도 오랜 시간을 푹 고아 만들지만 먹는 데는 짧게 10여분이면 족하고 부침개 (전) 역시 재료 준비하고 만드는데 들어간 시간 대비 먹는 데 걸리는 시간은 꽤나 짧다.

그러니 한정식은 제대로 준비하려면 아마 꼭두새벽부터 준비해야 하지 않을까라는 생각을 해보기도 하는데, 한정식이 이처럼 시간이 오래 걸리는 이유는 아이러니하게도 한정식은 특정 음식이 아니어서다. 한정식은 우리나라 고유의 식 (食) 습관을 그대로 따라서 다양한 음식들을 한 상 가득하게 차려내는 '문화'이기 때문에, 다양한 음식을 만들어야 하는 만큼 시간이 오래 거릴 수밖에 없지 않겠는가. 하지만

'빨리빨리'라는 특유의 '습관'때문에 그토록 오랜 시간 동안 준비한 한정식도 다 먹는 데까지 걸리는 시간은 그리 오래 걸리지 않는 게 또 다른 특징이라면 특징일 것이다.

지난한 시간을 들여 음식을 준비한 사람의 입장에서 보면 조금은 허무할 수도 있다는 생각이 들긴 하지만, 어쩌랴, 이것이 오랜 시간 동안 쌓이고 쌓인 우리의 습관 같은 문화인 것을.

- 장소: 일산 주엽 토담골

- 구성: 비지찌개, 된장찌개, 샐러드, 닭고기+숙주나물 (닭고기가 적었음), 김
  치전, 동그랑땡 (같은 것), 양념게장, 삼색 채소, 무생채, 코다리 조림, 묵(?)
  무침, 양배추 찜, 김치

- 맛: 상상하던 맛. 단 양념 게장은 너무 맛이 강했다.

- 단점: 국이 따로 안 나온다

삼선 볶음밥 –
많은 대화가 없어도 친구가 될 수 있다

숫자 3에 얽힌 비밀

곰곰이 생각해보면, 우리가 알지 못하는 사이 숫자 '3'은 우리 주위에 깊이 자리 잡고 있음을 알 수 있다.

만세를 삼창, 즉 세 번 부르는가 하면 법원이나 국회에서 판결 또는 의결을 할 때는 의사봉을 세 번 내리 치며, 카메라를 고정하는 삼각대도 다리가 3개이고, 9년 주기로 돌아온다는 안 좋은 일을 '삼재'라고 한다. 심지어 가위, 바위, 보의 경우 '삼 세 번'을 하기도 한다. 두 번도 네 번도 아닌 세 번을.

어디 그뿐인가.

우리나라의 건국신화인 단군신화를 보면 환웅께서 천부인 '세 개'와 풍백 (風伯)•우사 (雨師)•운사 (雲師)라는 '삼신 (三神)'과 함께 '3,000' 명을 이끌고 내려오셨다는 얘기가 있고, 세계적으로는 성서에 성부•성자•성령의 삼위일체가 있으며, 그리스 신화의 제우스는 자신은 하늘을, 하데스는 지하세계를, 포세이돈은 바다를 다스리게 하여 세상을 삼등분하기도 했다고 알려져 있다. 마치 제갈량이 유비에게 '천하삼분 계'를 제시했듯이.

이런 숫자 3은 우리가 먹는 음식에도 적용되었는데, 가장 대표적인 것이 삼선 짜장면, 삼선 짬뽕, 삼선 볶음밥 등의 '삼선'이다.

여기서 삼선이란 육해공, 즉 땅 (송이버섯 혹은 목이버섯), 바다 (해삼 혹은 전복), 하늘 (꿩)의 세 가지 재료를 사용한다는 뜻이지만 요즘에는 이 재료들을 구하기가 어렵고 가격도 비싸기 때문에 오징어, 해삼과 같은 해물을 사용해 만든다고 한다.

단골식당을 만드는 비법

내가 단골 식당을 만드는 방법은 다른 사람들과는 조금

다르다.

보통의 경우 -물론 내 주위 사람들의 경우지만- 일단 사장님이나 그에 준하는 (이를 테면 매니저 같은) 사람들과 많은 얘기를 한다. 얘기의 주제는 음식도 있고, 요즘 경기 같은 것도 있다. 그렇게 이런저런 얘기를 하며 친해지면서 자신을 기억 속에 남긴다.

하지만 대화를 하는 능력이 많이 부족한 나로서는 그런 방법을 사용할 수가 없다. 그래서 내가 선택한 방법은 우선 그 식당에 꾸준히 간다. 가급적 같은 요일, 같은 시간이면 더 좋다. 그렇게 한 달이고 두 달이고 계속 간다. 특별한 대화는 없다. 그저 주문하고 나온 음식을 먹고 계산하고는 식당을 나온다. 아니면 포장을 해오거나.

이 방법에 한 가지 방법을 더 추가하자면-나 같은 사람에게도 단골을 만드는 확실한 방법이 되는데-바로 갈 때마다 같은 음식을 주문하는 것이다. 다른 음식도 먹어봄직 하지만 갈 때마다 같은 음식만 주문하면 그것이 누적되어 식당 사장님의 기억 속에 남게 된다.

그러다 결정적일 때 대화를 나눈다.

한 번은 위에 설명한 방법으로 전 (煎) 집에서 매주 금요일 저녁마다 해물 빈대떡을 포장해 온 적이 있었다. 특별한 대화는 없었다. 그저 주문하고 음식을 받고, 계산을 하고 가게를 나왔다. 그렇게 몇 달을 같은 요일, 비슷한 시간에 같은 음식을 사 먹었는데, 어느 날 가게 사장님이 안 보이시던 때가 있었다. 처음엔 무슨 개인적인 일이 있으셨겠지 했는데 몇 주 동안 계속 안 보이시길래 일하는 분께 여쭤봤더니 사고를 당해서 병원에 입원하셨다고 했다. 아, 그런 일이 있었구나.

그리고 얼마 후 다시 그 전 집을 갔을 때 복귀한 사장님을 보고 반가운 마음에 건강은 괜찮으시냐고 여쭸더니, 지난 몇 개월 간 별다른 대화는 없었지만 사장님은 나를 기억하고 있었고 이런저런 대화를 나누었다.

그리고 이후에는 그 사장님과 꽤나 많이 친해져서 무언가를 주문하면 또 다른 작은 무언가를 더 얹어서 주시기도 했다.

내가 가끔씩 가는 중국집도 마찬가지다.

개인적인 일로 그 근처에 가면 항상 저녁에 들르는 곳인데, 갈 때마다 별 다른 대화 없이 그저 삼선 볶음밥을 계속해서 주문했고 나온 음식을 먹고 계산을 하고 가게를 나오기를 반복했다.

개인적으로 중국집에서 볶음밥을 잘 먹지 않는 편인데 삼선 볶음밥은 개인적으로 좋아하는 해물이 들어 있어서 중국집에서 면이 아닌 밥을 먹고 싶을 때면 항상 삼선 볶음밥을 먹는다.

그러던 어느 날, 그 중국집에서 느닷없이 짜장면이 먹고 싶어졌다. 왠지는 모르겠지만 늘 먹던 삼선 볶음밥이 아닌 짜장면이 급격하게, 아무 이유 없이 먹고 싶어져 짜장면 곱빼기를 주문하자 주문을 받던 사장님 왈, "오늘은 삼선 볶음밥 안 드시네요".

그랬다.

올 때마다 별 얘기 없이 조용히 주문한 음식만 먹고 나왔지만 사장님은 항상 삼선 볶음밥만 주문한 나를 기억하고 있었던 것이다.

단골을 만드는 것보다 중요한 것

단골을 만드는 데에 많은 대화가 필요한 것은 아니다.

그저 자주 얼굴 보고, 지속적이고 반복적으로 같은 음식을 주문하면서 세월을 보내다 보면 어느새 그 가게의 단골이 되어 있는 것이다.

사람을 사귀는 것도 마찬가지가 아닐까라고 생각한다.

굳이 법정 스님의 '사람의 입에서 나오는 것이 악 (惡)'이라는 말씀을 떠올리지 않더라도 말이 많아지다 보면 실수를 하기 마련이다. 그래서 말은 적게 할수록 좋은 것이라는 생각을 하고 사는데, 그러다 보니 대화를 하거나 이어나가는 데 어려움이 생기긴 한다.

하지만 그런 어려움보다는, 좀 더 자주 보고 함께 시간을 보내며 지속적이고 반복적으로 만나다 보면, 그래서 서로의 진심이 맞닿는 순간을 보내다 보면 어느새 친한 친구가 되어 있지 않을까라는 그런 생각.

말보다 중요한 것은 진심이니까.

- 방문지: 경북 포항시 북구 동원 (東苑)

- 특징: 별다른 특징은 없고, 중국집에서 느낄 수 있는 그런 맛

멸치 국수 (잔치 국수) – 단순함에 담긴 진심

타고난 성향은 어쩔 수 없군요

자주 가진 않지만 이따금씩이라도 카페를 가게 되면 다른 사람들과 달리 창가 자리는 일부러 피하는 편이다. 대부분의 사람들이 창 밖으로 보이는 거리의 모습과 또 그 거리를 오고 가는 사람들을 바라보며 마시는 커피가 주는 느낌 때문에 창가에 앉는 것을 좋아하지만 난 그 반대의 이유 때문에 싫어한다. 내가 통 유리 너머의 오가는 사람들을 보는 게 아니라 그들이 오히려 나를 본다는 생각.

대중의 관심을 먹고 사는 연예인도 아니거니와 스포트라이트를 받는 운동 선수도 아닌 데다가 애시당초 '아무 이유 없이' 주목 받는 것을 싫어하는 성격을 가졌기 때문이랄까.

특별한 이유가 있어서 -이를테면 어떤 상을 받았다든지-주목을 받는 것도 낯부끄럽고 쑥쓰러워 하는 성격이니 아무 이유도 이유 없이 누군가의 시선을 받는다는 것은 여간 고역스러운 일이 아니다.

물론 어제 오른쪽으로 탄 가르마를 오늘 왼쪽으로 탄다고 해서 알아보는 사람의 거의 없다는 말이 있듯이 거리를 오가는 사람들이 통 유리를 사이에 두고 앉아 있는 나를 굳이 쳐다볼 일이 있을까만, 창 안 쪽에 있는 내가 창 밖을 보듯 창 밖에 있는 사람들도 창 안을 볼 수 있으니 낮은 가능성이라도 신경이 쓰이는 건 어쩔 수 없다.

찬란했던 영광은 어디로

'국수계'에서 오랜 시간 사랑 받고 관심 받아 온 국수는 누가 뭐래도 잔치국수다.

멸치로 육수를 낸다고 해서 멸치 국수라고도 불리는 잔치 국수는 말 그대로 잔칫날 먹었던 음식이었다고 한다. 옛날에는 잔치를 하면 집안 사람뿐 아니라 동네 사람들까지 국수 한 그릇이라도 말아 먹여 보내는 게 인지상정이었기 때문에 미리 끓여놓은 육수에 간단히 삶은 면을 넣어 수 많은 손님들에게 쉽게 내어줄 수 있는 음식이라서 '잔치 국수'라는 이름이 붙었다고 하니 잔칫날이면 항상 잔치 국수가 주목을 받았음이 틀림없다.

게다가, 지금은 거의 쓰지 않지만, 수년 전만해도 결혼 적령기의 사람들에게 '국수 언제 먹여줄 거냐'라고 묻곤 했으니 일반적인 잔치뿐 아니라 결혼이라는 인륜지대사에서도 빠지지 않고 주목을 받는 건 역시나 잔치 국수, 즉 멸치 국수였다.

하.지.만.

언제부턴가 우리 주변에 수 많은 면 요리, 즉 국수 요리가 생겨나면서 잔치국수로 향하던 사람들의 관심은 흩어지고 분산되었다. 언제·어떻게 생겼는지 그 유래를 알 수 없는 칼국수, 여름만 되면 많은 사랑을 받는 콩국수, 춘천에 가면 꼭 먹어야 한다는 막국수 같은 우리나라 국수요리부터 우동이나 스파게티와 같은 외국에서 들어온 면 요리와 함께 모든 사람들이 좋아한다는 라면까지.

시대가 변하고 사회가 발전하면서 다양한 문화와 함께 쏟아져 들어온 다양한 국수와 면 때문에 그만큼 우리의 관심은 사뭇 다양해질 수 밖에 없었고, 그 과정에서 당연히 잔치 국수에 대한 관심은 멀어질 수 밖에 없었다.

낡은 거니까. 혹은 오래된 것이니까. 그만큼 익숙하고 새

롭지 않으니까.

그 결과 지금은 몇몇 국수전문집에서 간신히 명맥을 유지하고 있는 멸치국수를 마주하면 그래서 가슴이 짠하다. 괜히 먹먹해지기도 한다.

본인의 의사와 상관없이 많은 사람들의 관심과 주목을 받다 역시나 본인의 의사와 상관없이 관심에서 멀어진 모습이, 마치 나이가 들면서 자연스럽게 대중의 관심에서 멀어지는 연예인들이 모습을 보는 것 같기도 하고, 전혀 명예롭지 않지만 '명예'라는 수식어가 달린 채 명예퇴직을 당한 뒤 허무함 속에 오갈 곳을 찾아 다니는 우리네 모습을 보는 것 같기도 해서.

그래도 존재의 가치는 있다

그럼에도 불구하고 멸치 국수가 여전히 존재할 수 있는 이유는 '단순함'이라는 가치에 있지 않을까라는 생각을 해본다.

우리나라 사람들이 가장 사랑하는 음식 종류인 국물 요리. 그 국물을 진하고 감칠맛나게 만드는 멸치 육수. 거기에 주재료인 삶은 소면에 간단한 고명들. 그리고는 소박한 김치.

이처럼 단순하지만 그 안에 우리가 좋아하고 우리가 늘 먹는 것에 대한 진심이 담겨 있기 때문에, 화려하고 격정적인 다른 면 요리들의 맛에 지칠 때면 잔치 국수라는 이름으로 사랑 받았던 멸치 국수를 이따금 씩이라도 찾게 되는 것은 아닐런지.

뜨거운 멸치 국수의 국물을 후후 불어가며 입 속으로, 위장으로 밀어 넣으며 생각해 본다. 단순함에 담긴 진심이 언젠가는 다시 그 빛을 볼 거라고.

화려하지도 않고 요란하지도 않은 단순함에 담긴 그 진심이.

- 방문지: 서대문역 근처 국수본가

- 특징: 면을 건면이 아닌 생면을 사용하는데, 처음 먹어 본 생면 멸치국수

  여서 조금 독특했다. 국물은 조금 슴슴했고 전체적으로 무난하게 먹을 수

  있는 맛

감자 샐러드 베이글 -
때론 장소가 음식의 맛을 좌우하지 않을까

프라하에서 느꼈던 생경함

오래 전 동유럽 배낭 여행을 할 때였다.

해는 이미 떨어져 사위가 캄캄한 밤, 기차가 천천히 체코 프라하의 기차역으로 진입하고 있을 때 창 밖을 내다 보던 내 눈을 의심하게 만든 장면이 하나 들어 왔다. 세계적인 햄버거 체인 매장이 고풍스러운 유럽 전통 양식의 건물에서 영업을 하고 있었던 것.

건축을 잘 알지 못하는 나로서는 그 건물의 양식이 고딕인지 바로크인지 여전히 알 길이 없지만 그 때 본 모습은 굉장히 생경하면서도 아름다워 보이는 모습이어서 아직까지

내 인생의 감동적인 순간 중 하나로 남아 있다. 세계적인 햄버거 체인이 고풍스러운 전통 양식 건물에서 장사를 하다니, 어울리지 않으면서도 묘하게 어울리는 그런 모습.

이런 프라하에 대한 첫 인상 때문이라고 할 수는 없지만, 프라하는 여전히 나에게 최고의 도시로 남아 있고 꼭 한 번 살아보고 싶은 곳으로 –여행지가 아닌 생활 터전으로– 남아 있다. 말이나 글로 표현할 수 없는 올드 타운 곳곳에서 풍겨 나오는 분위기, 저렴한 물가, 그럼에도 느낄 수 있는 유럽 특유의 감성까지.

그로부터 꽤나 시간이 지난 어느 날, 경주에도 그런 곳이 있다는 것을 알았다. 바로 그 다국적 햄버거 체인이 한옥 느낌의 건물에서 영업을 하고 있다는 것을. 그 건물이 정말 오래된 전통 한옥인지 아니면 현대에 지었는데 모양을 한옥 모양으로 지은 건지는 모르겠지만, 그 모습을 보는 순간 오래 전 프라하에서의 모습을 떠올릴 수 있었다. 경주에서.

우연이 횡재처럼 느껴진 순간

생각보다 일찍 약속 장소인 남대문에 도착했다. 약속된 회의까지는 아직 1시간 30분도 더 남은 상황.

무엇인가 두고 온 것만 같은,

그래서 꼭 다시 가야만 할 것 같은 곳. 프라하.

날이 추워 몸을 녹일 공간이 필요했고, 아침을 안 먹은 터라 무언가를 위장에 넣어주어야 했던 그 때 눈에 들어온 한옥 카페.

처음에는 카페인지 모르고 그냥 지나치려다 유리창 너머로 보이는 실내가 카페인 듯하여 두리번거리며 자세히 살펴보니 '한옥 카페'라는 간판이 붙어 있었다. 그냥 오래된 건물인줄 알았더니 한옥이라니, 그것도 카페로 사용되고 있다니.

엄밀히 얘기하면 벽돌로 지어진데다 문화 재청으로부터 '대한민국 근대문화유산'으로 지정된 건물이기 때문에 한옥은 아니다. 추측건대 여기서 카페를 운영하시는 분이 아이디어로 이름을 한옥 카페로 한 게 아닐까라고 생각되는 이 건물의 실내는 일제강점기를 배경으로 한 드라마나 영화에서 자주 봤을 법한 분위기다.

때론 익숙하지 않은 음식이 먹고 싶을 때도 있다

추위를 피하고자 얼른 문을 열고 들어가서는 따뜻한 커피와 함께 무엇으로 아침을 해결할까 고민하다 베이글을 골랐다. 평소에 베이글을 잘 먹지 않는데 그 날은 이상하세도 감자 샐러드 베이글이 먹고 싶었다. 아무 이유 없이.

내가 평소에 베이글을 잘 먹지 않는 이유는 빵 자체를 선호하지 않는다는 이유는 차치하고서라도, 뻑뻑하기만 할 뿐 대체 무슨 맛인지 모르겠어서다. 물론 내가 이런 얘기를 하면 많은 사람들이 나를 촌스럽다고 하지만. 게다가 양파를 넣은 양파 베이글, 치츠를 넣은 치츠 베이글, 초코를 넣은 초코 베이글 등 그 종류가 많다고는 하나 여전히 뻑뻑하긴 마찬가지고 양파나 치츠 또는 초코를 먹고 싶으면 그것을 먹으면 되지 뭐 하러 그걸 넣은 베이글을 먹나 싶은 생각도 있다.

하지만 그보다 더 근본적인 이유는 베이글이란 빵이 주는 맛을 정의 할 수 없다는 데에 있다. 식빵도 아니고 도너츠도 아닌 것이 어느 날 갑자기 등장해 우리 문화에 어느 새 깊숙이 자리잡은 베이글은, 개인적으로는 기존에 익숙하지 않은 뻑뻑한 식감에 별다른 맛이 없는 존재여서 무슨 맛이라고 딱 잘라 말하기 어렵다.

사람이란 상당히 많은 경우에 비교 대상이 필요하니까. 특히 맛을 표현할 때는.

고정 관념이 바뀌는 순간

그런데, 이 날 먹었던 감자 샐러드 베이글은 뭔가 좀 달랐다. 그것이 감자 때문이었는지, 감자가 들어간 샐러드 때문이었는지 그것도 아니면 베이글과 함께 먹은 커피 때문이었는지 모르겠지만 꽤나 먹을만 했다. 여전히 베이글 그 자체의 맛은 알 수 없었지만 기존에 베이글에 대해 가졌던 단단한 성벽 같은 편견이랄까, 생각이 조금은 바뀌었다.

그래서 왜 그런 걸까라고 그 이유를 조심스럽게 유추해보건데, 아마도 한옥 카페라는 장소 때문이 아닐까라는 생각이 든다.

무려 '대한민국 근대문화유산'으로 지정된 역사적인 장소에서, 그것도 커피라는 다국적 음료와 함께 맛을 보니 도저히 그 맛을 알 길이 없던 베이글이 먹을만한 음식이 된 것은 아닐까라는 생각.

어쩌면 이렇게 음식의 맛은 음식 자체가 아닌 장소에 의해 좌우되는지도 모르겠다. 마치 프라하와 경주에서 다국적 햄버거 체인을 만났을 때의 느낌처럼.

생경하면서도 아름다웠던 그 느낌처럼.

- 방문지: 남대문 한옥 카페

- 특징: 커피는 보통, 베이글은 먹을만. 장소가 주는 느낌이 훨씬 중요한 곳.

  평일 오전에 일하시는 분들은 무뚝뚝한 편

감자탕 – 살다 보면 그런 순간이 있다

세상에 이럴 수가

어떤 사실에 대한 완전히 새로운 '진실'을 알게 된 순간 보통 사람들의 반응은 둘 중의 하나다.

"어, 그렇구나"라고 별일 아니라는 듯 무덤덤해하거나 "정말이야? 진짜?"라며 놀라워하거나.

내가 감자탕의 진실을 알게 된 순간의 반응은 후자였다. 몇십 년 동안 감자탕이라는 이름의 유래가 음식에 함께 들어 있는 구황작물인 감자 때문으로 알고 있었는데 사실은 주 재료인 돼지 등뼈의 이름이 '감자'때문이라는 진실을 듣고 난 후의 반응. 어떻게 보면 아무것도 아닐 수노 있지만,

그때의 나에게는 '1+1=2가 아니라 알고 보니 3이었어!'라는 얘기가 주는 충격과도 비슷했다. 긴 세월 동안 알고 있던 지식 아닌 지식이 틀린 내용이었다니. 정말로 '세상에 이럴 수가'였다.

동시에 자신 때문에, 자신이 주 재료이기 때문에 '감자탕'이란 이름이 붙었음에도 같은 이름을 가진 구황 작물 감자에게 그 빛나는 자리를 내어준 채 오랜 세월 동안 잊혀진 주인공인 돼지 등뼈 감자가 불쌍하기도 했고 안타깝게 여겨지기도 했다.

사람들이 감자탕을 좋아하는 이유가 이름은 둘 째치고서라도 결국은 주 재료인 자신 때문인데, 사람들은 구황 작물 감자를 먼저 떠올렸고, 또 그것 때문에 감자탕이라고 부르니 돼지 등뼈 감자 입장에서도 슬프고 서운하지 않을까도 싶었다.

그래도, 정말 그래도

살다 보면 그런 순간이 있다. 모든 것을 놓아 버리고 싶은 순간.

주위를 보면 이 사람도, 저 사람도 모두 행복해 보이고 승승장구하는 것 같고, 나보다 실력도 없고 노력도 안 하는 사람인데 나보다 잘 나가는 것을 보며 내 인생은 왜 이럴까라며 인생이 허무해지는 순간.

모든 것이 꼬일 때로 꼬여 아무리 허우적대도 우울한 운명의 늪에서 빠져나올 수 없을 것만 같은 순간.

반면에 사람들의 머릿속에는 승승장구하고 잘 나가는 사람들만 존재해서 나 아직 살아 있다고, 나 아직 여기에 그대로 있다고 얘기하기 조차 꺼려지는 순간.

결국 사람들 사이에서 나라는 사람은 잊혀졌다는 생각이 드는 순간.

그래서 시도 때도 없이 펑펑 울고, 잠자리에 누워서도 아침에 일어나서도 세상 모든 일에 의욕이 없어 그저 모든 것을 놓아버리고 싶은 순간. 어쩌면 가장 위험한 순간.

그런 순간이 오면 나는 다음과 같은 때를 떠 올린다.

무릎이 너무 아파 아주 낮은 계단도 오르기 힘겨웠던 때를. 허리가 삐끗해서 돌아눕는 것조차 힘겨웠던 때를. 잇몸이 부어서 양치질이 너무 힘들고 목이 부어서 물조차 삼키기 어려웠던 때를. 오른손을 다쳐 평생 쓰지도 않던 왼손으로 힘겹세 밥을 머던 때를.

그래도 지금은 최소한 두 다리로 마음 놓고 걸을 수 있고,

양팔을 자유롭게 사용할 수 있으며, 물도 원 없이 마실 수
있고 양치질도 하고 싶은 만큼 할 수 있으니 그만큼은 행복
하지 않나라는 생각과 함께.

이것 하나만 기억하면 좋겠다

그래도 힘들다면 이것 하나면 기억하면 좋겠다. 사람의
인생은 떨어지는 순간이 있으면 반드시 올라가는 순간도 있
다는 사실.

아무리 모든 것을 놓아버리고 싶은 순간이라도, 멈추지
말고 계속 나아가다 보면 언젠가는 반드시 올라가는 순간이
온다는 사실. 그리고 그때는 지금의 가장 위험했던 순간
을 기분 좋게 떠올릴 수 있다는 것을.

감자탕조차도 그 오랜 시간을 구황 작물 감자에게 그 자
리를 내주었다가 결국은 찾았는데, 그까짓 힘들고 어려움이
야라고 생각하면서.

- 방문지: 포항 감자탕 (포항)

- 특징: 일반적인 뼈해장국 맛.

작가의 말

에세이라는 것은 기본적으로 자기가 겪은 것을 바탕으로 쓰는 글이라는 것을 부정할 수는 없습니다. 짧다면 짧고 길다면 긴 지난한 시간들 사이로 켜켜이 쌓은 경험들을 글로 다듬어서 풀어내는 것이죠.

하지만 그렇다고 해서 자신의 불우했던 어린 시절의 환경을 풀어내며 억지스러운 감동을 쥐어짜 내는 어떤 작가의 글처럼 되지 않기 위해 무던히도 노력했습니다.

그저 우리가 매 끼니 먹는 음식을 보며 들었던 생각, 감정, 느낌들을 최대한 담아내려고 노력했습니다.

그래서 여러분에게 궁금한 게 있습니다.

어제 혹은 오늘 드셨던 한 끼는 여러분에게 어떤 의미가 있었는지. 그 음식을 보며 어떤 생각을 하셨는지. 아니면 그 음식을 보며 떠올린 사람은 누구였는지.

감사합니다.

작가소개

글의 힘을 믿으며 영상의 시대에도 끊임없이 글을 쓰며 글로 된 콘텐츠를 만들고 있습니다. 영상은 직접적이고 즉각적이지만 글은 생각을 하게 만들고 상상을 하게 만들기 때문입니다. 그래서 글에는 우리를 성장시키고, 움직이게 하며, 사고와 통찰을 하도록 하는 힘이 있다고 믿습니다. 나아가 위로와 정보, 지식과 감정 같은 것들을 전달하는 글의 힘은 다른 어떤 수단보다 훌륭하다고 믿습니다.

■ 홈페이지: RK의 글스토랑 (네이버 프리미엄 콘텐츠)

■ 저서: 영화를 보고 나서 우리가 하는 말, 직장인을 위한 가장 현실적인 재테크, 나만의 차별화된 글 쓰기, 스타트업을 위한 마케팅 전략, 캐리어 끌고 동남아로 가출하다, 나는 정말 사랑했을까, 예지몽 X, 결국엔 내 남자

■ 강연: 길 위의 인문학-영화에서 찾은 인문학 키워드
   (경기도 광주 시립 중앙도서관)

■ 인문학 강좌: 극장에서 인문학을 읽다 (인클)

■ 이메일: rkwriter@naver.com